Im Schatten des Halbmonds

AF208562

Roman

Alle Personen und Vorgänge in diesem Roman sind fiktiv. Die Meinungsäußerungen erfundener Personen sind nicht die des Autors. Ähnlichkeiten mit lebenden oder verstorbenen Personen oder realen Vorgängen wären rein zufällig.

Libri Digital Services im Internet:
http://www.bod.de

Copyright © 1999 by Andreas Schäfer
Alle Rechte vorbehalten
Printed in Germany
Umschlaggestaltung: Jürgen Kuhlmann
Druck und Vertrieb: Libri Digital Services, Norderstedt

ISBN 3-89811-077-X
-14,90.- DM

Für Klaus,
zum wohlverdienten Ruhestand

Prolog

Miami Beach, im August 1995

Die leichte Brise von der Biscayne Bay wehte Wolfgang Stein ins Gesicht, als er über den Steg auf das Boot zuging. Der Wind ließ das Segel leicht an den Mast schlagen, aber sonst lag die etwa fünfzehn Meter lange Yacht ruhig dümpelnd im Hafen der Miami Beach Marina. Die Dunkelheit der Nacht ließ den weißen Bootskörper nur noch heller erscheinen. Hinter dem Schiff zog sich ein Lindwurm weißer und roter Autolichter über der Brücke des Mac Arthur Causeway, der Miami Beach mit Miami Downtown verband. Dazwischen schob sich das blau-rot flackernde Licht eines Streifenwagens. Dann hörte er die melodische Sirene. Rechts von der Brücke lagen die Appartementhäuser von Miami Beach. Tagsüber glänzten sie schneeweiß in der tropischen Sonne Floridas. Fast so weiß wie der kolumbianische Schnee, den sich jetzt die Nachtschwärmer in den Bars durch die Nase rauschen ließen, um sich für den Morgen fitzumachen. Als er die Boote neben dem Steg ansah, fiel ihm der "Smugglers Blues" ein. Ein Tophit der Achtziger Jahre aus der Fernsehserie mit dem Drogenfahnder, der mit seinem Krokodil auf einer Yacht im Hafen von Miami lebte. Wie hieß noch einmal das Krokodil? Er leckte sich über die Lippen und schmeckte das Salz des Atlantiks. Dann stand er vor der Bohle, die den Steg mit der Yacht verband. Der sanfte Wind ließ die venezolanische Flagge am Heck leicht in der Brise flattern. Stein stellte den Aktenkoffer mit der Million neben der Bohle auf den Steg, als ein zwergwüchsiger Kolumbianer mit Kartoffelnase an der Reling erschien.

"Hola! Que tal, mi amigo?" krächzte er in der üblich schleimigen Art.

"Bueno, jefe" antwortete Stein höflich und scheinbar ehrfurchtsvoll.

Nach dieser landesüblichen Eröffnung sprach der Kolumbianer weiter englisch mit ihm.

"Hast du alles dabei?" fragte er ungeniert und deutete auf den Koffer, wobei er sich über die Reling beugte.

"Sicher", sagte Stein und wartete auf das "Go!" aus seinem unsichtbaren Sender in der Ohrmuschel. Dann hörte er seinen Partner über den Minisender im Ohr.

"Go! Der Kleine an der Reling...einer in der Kabine...im Umfeld alles sauber."

Als Stein die Bohle betrat, war er zuversichtlich, diesen Auftrag erfolgreich zu Ende zu bringen. Den schweren Samsonite Koffer in der linken Hand, ging er vorsichtig über das sich biegende Brett. In diesen Sekunden ging ihm wieder der Anlaß der Aktion durch den Kopf. Der deutsche Auslandsgeheimdienst BND war seit letztem Jahr auch weltweit zur Aufklärung von Strukturen der Organisierten Kriminalität zuständig. Seit einigen Monaten galt die oberste Priorität dem Santa Fe Kartell aus Kolumbien, das den deutschen und den nordamerikanischen Markt mit Kokain belieferte. Zusammen mit amerikanischen Drogenfahndern lief jetzt die Operation "Schneesturm", die das Kartell zerschlagen sollte. Und er trug eine Million Dollar im Koffer, um das entscheidende Scheingeschäft zum Kauf mehrerer Kilo Kokain durchzuführen. Sein Partner stand mit Präzisionsgewehr und Funkgerät auf einem der Appartementhäuser am Hafen. Etwa zweihundert Meter Luftlinie von der Yacht entfernt, die er jetzt gerade betrat. Stein wußte, daß er seinem Partner bedingungslos vertrauen konnte. Joe, ein ehemaliger Marine mit Vietnamerfahrung, stand seit mehr als zwanzig Jahren im Dienst der DEA, der US Drogenfahndung. Er lernte ihn im letzten halben Jahr kennen und schätzen. Ohne Joe's Rückendeckung hätte er bei einem Scheingeschäft auf Aruba das Zeitliche gesegnet.

"Komm her mein Freund, laß die Scheine sehen", schleimte der kleine Kolumbianer weiter.

"Erst den Stoff, Jefe", sagte Stein, nachdem er das Boot betreten hatte und an der Reling stehen blieb. Der Zwerg sah in aus listigen Augen an. Er ging Stein gerade bis zur Brust. Wolfgang Stein war etwa einsachtzig groß. Dunkelblonde, kurze Haare umrahmten ein braungebranntes, freundliches Gesicht mit zwei himmelblauen Augen. Die breiten Schultern steckten in einem beigen Armanianzug, darunter trug er ein hellblaues Versace-Hemd. Der BND Agent sah auf den kleinen Kolumbianer herunter. Dann stellte er den Koffer ab, ging in die Knie und sah ihm in die Augen.

"Ich will erst den Stoff sehen. Vorher gibt's kein Geld."
Der Kleine verzog die Augen zu zwei winzigen Schlitzen und stülpte die Lippen vor.

"Claro", preßte er hervor.
Dann drehte er sich in Richtung der Kabine um.

"Miguel! ..."
Stein richtete sich wieder auf. In seinem Ohrsender knackte es.

"Jetzt kommt der aus der Kabine. Er hat einen Koffer in der rechten Hand", meldete sich Joe.
Dann sah er eine schemenhafte Gestalt. Miguel. In diesem Moment schien ihm sein Trommelfell zu platzen. Ein unbeschreiblicher Schrei drang ihm vom Sender ins Ohr. Stein gefror das Blut in den Adern. Der gellende Schrei ließ ihn zusammenzucken. Er nahm eine Hand ans Ohr und schaltete den Sender aus. Der Kabinenmann stand jetzt vor ihm und ließ den Koffer fallen.

"Hijo da puta!"
In seiner rechten Hand wuchs eine MP hervor, die er hinter dem Koffer verborgen hatte. Eine handliche Uzi, klein, aber wirkungsvoll. Stein erstarrte zur Salzsäule. Der Zwerg hob den Millionenkoffer auf und zischte ihn an:

7

"Los, hier rüber", während er in Richtung Steuerstand nickte.

Die kalten Augen und die Uzi in der Hand von Miguel ließen keinen Widerspruch zu. Er ging langsam zum Steuerrad der Yacht.

"Hände hoch, auf die Knie, Beine breit und keine Bewegung!" zischte der Zwerg. Er wußte, daß er unter diesen Umständen keine Wahl hatte. In seinem Bauch gefror ein Eisblock. Der Schrei. Nur Sterbende schrien so, wie Joe eben geschrien hatte. Stein wußte, daß sein Partner nicht mehr lebte. Die Schweine hatten ihn entdeckt und erledigt. Man durfte sie eben nie unterschätzen. Er war auf sich allein gestellt und nahm die Hände hoch. Dann ging er auf die Knie. Der Kleine klopfte ihn ab, um nach Waffen zu suchen, während Kabinenmann Miguel mit der Uzi im Anschlag dabeistand. Keine Chance.

"Die echte Million ist nicht im Koffer, und in der Hosentasche hab ich sie auch nicht", brummte Stein auf spanisch, damit es auch Miguel mitbekam und nicht aus Versehen den Finger krumm machte. Nachdem ihn der Kleine durchsucht hatte, kramte er ein Handy aus der Jackentasche und wählte eine längere Nummer. Der Ruf ging einige Male hin.

"Nimm die Hände hinter den Kopf, amigo" drohte Zwerg Nase, bevor er ins Handy sprach:

"El jefe, por favor."

Seine Stimme nahm dabei einen unterwürfigen Klang an. Da wurde Stein blitzartig klar, daß sein Ende bevorstand. Der Kleine rief in Bogota an. Ohne auch nur in den Koffer zu sehen. Um seine Hinrichtung genehmigen zu lassen. Beim "Jefe", dem Chef des Kartells. Die ganze Aktion mußte verraten worden sein. Wie konnten sie nur Joe entdecken? Das Adrenalin schoß ihm in die Adern, während er fieberhaft in seinen letzten Sekunden nach einem Ausweg suchte. Der Kabinenmann stand jetzt neben ihm. Die Uzi lag locker in seiner rechten Hand. Klar, der

8

Zwerg hatte ihn durchsucht und keine Waffen gefunden. Für Miguel stellte er keine große Gefahr mehr dar. Aber der Kabinenmann verließ sich zu seinem Glück zu sehr auf Zwerg Nase. Denn im linken Wadenholster steckte noch seine Lebensversicherung. Ein 38er Smith and Wesson, den der Kleine bei der nachlässigen Durchsuchung übersehen hatte. Zwerg Nase drehte sich zur anderen Bordseite um und telefonierte weiter mit Kolumbien. Aus dem Augenwinkel sah Stein, wie Miguel nach einem Zigarettenpäckchen in seiner Hemdtasche griff. Als er ein Stäbchen aus der Schachtel herausfingern wollte, mußte er seine zweite Hand mit der Uzi zu Hilfe nehmen. Das war die Chance. Stein rollte sich zur Seite und zog sich gleichzeitig das linke Hosenbein über das Knie. Mit der Rechten griff er blitzartig zum 38er im Wadenholster. Miguel ließ sein Zigarettenpäckchen fallen. Noch bevor er die Uzi wieder in den Anschlag bringen konnte, hatte Stein den Revolver gezogen und schoß Miguel zwischen die Augen. Der Kolumbianer kam nicht mehr dazu, den Finger krumm machen und taumelte über die Reling. Noch bevor er ins Wasser klatschte, drehte sich Stein zum Zwerg um. Der Kleine sah ihn ungläubig an, als er den 38er in seine Richtung schwenkte. Doch Zwerg Nase griff sofort hinter sich in den Hosenbund und zog eine Automatikpistole. Noch bevor er sie auf Stein richten konnte, schoß ihm der BND Agent ins Gesicht. Der kleine Mann ließ das Handy fallen und sackte zusammen. Die Automatik polterte zu Boden, als der Kolumbianer rückwärts ins Hafenbecken fiel. Stein hob sofort das Handy auf und ahmte das unterwürfige kolumbianisch des Zwergwüchsigen nach:

"Muy bien, el jefe"

Dann rollte er sich sofort hinter dem Kabinenhaus in Deckung, um Joe's Killern auf dem Appartementhaus kein Ziel zu bieten. Die Verbindung nach Kolumbien war unterbrochen. Er drehte sich auf den Rücken und sah in den Sternenhimmel Floridas. Und dachte an Joe, der jetzt dort oben über ihn wachte.

Bogota, zur gleichen Zeit
Die schwüle Nacht lag wie ein dicker Pelzmantel über der Hauptstadt Kolumbiens. Die auf einer Hochebene gelegene Metropole schien in den Sommernächten unter dem Smog und der Hitze zu ersticken. Keine Nacht verging ohne den Klang der Maschinenpistolen, die sarkastisch den "Wohlstand" derjenigen symbolisierten, die sich in den Elendsvierteln von Santa Fe de Bogota durch Kokainhandel und Auftragsmorde "hochgearbeitet" hatten. Juan Miguel Carlos, genannt "El Jefe", saß in seinem Bürosessel und sah aus dem Panoramafenster auf die Stadt. Die Lichter schienen nur den Wohlstand der letzten Jahre zu erhellen, nicht aber die Toten, auf denen die Millionen fußten. Das Handy in seiner rechten Hand schien Tonnen zu wiegen. Gerade verklangen die Schüsse in seinen Ohren. Die Schüsse, die vermutlich "Andres", seinen kleinen, aber geliebten Cousin in Miami, getötet hatten.

"Hijo da puta!" schrie er aus vollem Hals und warf das Handy gegen die Wand. Seine drei Leibwächter in dem Büro der Scheinfirma zuckten zusammen.

"Ich werde sie alle umbringen!"
Der "Jefe" war außer sich. Die Leibwächter verteilten sich im Raum, während der Chef des Drogenkartells von Santa Fe de Bogota seinen Tobsuchtsanfall auslebte.

"Ich zahle diesem verdammten Yankee bei der DEA eine Million Dollar im Jahr und er läßt mich in Regen stehen!"
Carlos zog seinen 45 er Colt, den er sogar im Schlaf im Schulterholster bei sich trug, und entleerte das ganze Magazin in die bunte Landkarte, die an der Stirnseite des Büros hing. Jeder Schuß lag im blau gedruckten

Territorium der USA, das jetzt nur noch aus Konfetti zu bestehen schien.

"Diese Schweine! Ich will noch heute einen toten Yankee auf meinem Schreibtisch sehen!"

Sein Tobsuchtsanfall und die Schüsse auf die Landkarte übertönten das dumpfe Geräusch der Hubschrauber, die in diesem Moment über der Kaffeefabrik schwebten, in der sich "El Jefe" und seine Bodyguards gerade aufhielten.

Jesus Gonzales, Commander einer Eliteeinheit der kolumbianischen Armee, rückte seine Höreinrichtung zurecht, und wies den Piloten über Handzeichen an, den Hubschrauber ruhig zu halten. Sechs weitere Armeehubschrauber umkreisten das Gelände der Kaffeefabrik. Seine Konzentration richtete sich voll auf den Funk und das Codewort aus dem Nachrichtenzentrum der kolumbianischen Armee.

"Zielperson im Objekt, direkt vor ihnen."

Jetzt war klar, daß die Amerikaner den "Jefe" geortet hatten. Er wußte nicht wie. Wahrscheinlich durch ihre hochmodernen Methoden, wie die Peilung von Handys, aber es war ihm egal. Dann gab er das Zeichen zum Angriff über Funk. Es war das spanische Wort für "Schneesturm". Drei Sekunden später explodierte eine Blendgranate im Panoramafenster des Büros der Kaffeefabrik. Das Ende des Kartells von Santa Fe de Bogota nahm seinen Anfang.

Pullach, bei München, eine Woche später

Wolfgang Stein betrat das Büro des BND Präsidenten. Der Chef des deutschen Auslandsgeheimdienstes saß an seinem Schreibtisch unter dem Bild des Bundespräsidenten. Stein trat an den Schreibtisch heran und legte dem BND Chef einen Umschlag auf den Tisch. Der setzte sich seine Brille auf, nahm den Umschlag,

11

öffnete ihn umständlich und las das Abschiedsgesuch von Stein. Dann sah er ihn fragend an:

"Stein, wie kommen sie dazu? Die Operation "Schneesturm" war ein voller Erfolg. Wir konnten das Kartell dort zerschlagen. Ihre Strukturen sind derart geschwächt, daß..."

"Aus und vorbei. Ich habe lange genug den Arsch hingehalten", zischte Stein.

"Aber hören sie doch, es tut mir auch leid um ihren Partner..."

Stein drehte sich um und ging zur Tür. An der schweren Eichentür drehte er sich kurz um und sah dem Präsidenten direkt in die Augen.

"Denken sie an Ihren Amtseid und machen sie ihren Job. Ich bin mit meinem fertig."

Dann verließ er das Büro des Präsidenten und dachte an seinen Bauernhof im Allgäu. Und an all die Jahre beim BND. Die weltweiten Operationen. Den Fall der Mauer. Die Aktion auf Ibiza. Maria. Er konnte sie nicht vergessen. Er schloß die schwere Tür zum "Allerheiligsten" hinter sich und griff zum Zigarettenpäckchen in der Brusttasche. Dabei dachte er an Joe und den Sternenhimmel über Florida.

I.

Atlanta, einige Jahre später

Die Maschine der Delta Air Lines setzte zum Landeanflug an. Der Mann in der ersten Reihe der Business Class schenkte der Stewardess ein Lächeln, als er ihrer Aufforderung nachkam und den Sicherheitsgurt anlegte. Der gepflegte Vollbart ließ den Vierzigjährigen trotz seiner harten Gesichtszüge in seinem hellen Anzug durchaus attraktiv erscheinen. Nachdem die Maschine nach der Landung die Warteposition am Gate erreichte, klang die Stimme des 1. Offiziers durch den Lautsprecher.

"Im Namen von Captain Blight und seiner Crew wünsche ich ihnen einen angenehmen Aufenthalt in Atlanta und hoffe, sie demnächst wieder auf einem Flug der Delta Air Lines begrüßen zu können."

Als der Mann den Sicherheitsgurt löste und aufstand, lächelte ihn die Stewardess ebenfalls an. Sie war Ende 20 und aufgrund ihres unverkennbaren Akzents offenbar eine der brünetten Schönheiten aus dem mittleren Westen der USA.

"Einen schönen Aufenthalt in Atlanta, vielleicht fliegen sie ja wieder mit uns?"

Der Mann lächelte zurück und erwiderte:

"So bald wie möglich."

Er konnte nicht ahnen, wie sehr er sich täuschen sollte.

Steven Cole galt als einer der brilliantesten Terrorfahnder des FBI. Nach einem Politikstudium in Harvard mit Schwerpunkt Islam und den Ursachen der Revolution im Iran bewarb er sich eher aus Neugier beim FBI. Seit mehr als zehn Jahren gehörte er der Abteilung zur Terrorismusbekämpfung an. Aufgrund seiner Vorkenntnisse spezialisierte er sich auf Terrorganisationen aus dem Nahen Osten. Seine letzten Ermittlungen betrafen die UP, die "Umma Palästina". Die UP zog in den letzten Jahren eine Blutspur mit Attentaten gegen Einrichtungen der USA und Israels durch den Nahen Osten und Afrika. Sie verfügte über Dutzende Tarnfirmen in den USA. Von Houston bis Chicago, von New York bis San Diego sammelten die Firmen Gelder, um den Terror der UP zu finanzieren. Diese Tarnfirmen lieferten auch Waffen in den Nahen Osten. Die islamistisch-extremistische UP rekrutierte zumeist palästinensische Guerillakämpfer in den von Israel besetzten Gebieten. In ihren Reihen befanden sich aber auch andere islamische Fundamentalisten aus Afghanistan, Pakistan, Iran und neuerdings auch aus Bosnien. Seit Anfang der Neunziger

Jahre erforschten Cole und sein Team von zwanzig Terrorfahndern die Strukturen UP und verfolgten Geldtransfers mit Hilfe von Nachrichtendiensten bis zu ihren Zellen im Libanon. Als Kopf der Gruppe ermittelten Cole und seine Fahnder Mohamed Masoud, einen Palästinenser, der seit mehr als zwanzig Jahren als wohlhabender Immobilienmakler in den USA lebte. Steven Cole und Martin Murray betraten gegen halb vier Uhr nachmittags das Immigration Office des Hartsfield International Airport. Als sie der diensthabende Officer fragend ansah, klappten Cole und Murray ihre Ledermäppchen auf und wiesen sich mit ihren FBI Marken aus.

"Cole, FBI. Ich würde gern den Sergeant sprechen."

"Einen Moment bitte", erwiderte der Officer und drehte sich um. Kurz darauf erschien ein rothaariger Sergeant, der sich mit einer Papierserviette den Mund abwischte.

"Cole. Tut mir leid, sie beim Essen zu stören, aber wir möchten sie um Unterstützung bitten."
Er legte das Foto eines Mannes auf den Tisch.

"Wir haben einen Haftbefehl für Mr. Masoud. Er ist soeben mit Delta Air Lines aus Frankfurt angekommen."
Der Sergeant nickte nur kurz und stellte keine überflüssigen Fragen.

"Cockran! Nehmen sie die Herren mit zum Gate!"
Der Officer, der sich daraufhin im Büro von seinem Schreibtisch erhob, ging ohne weiteren Fragen auf die beiden FBI Beamten zu. Er nahm seine Dienstmütze von einem Kleiderständer und begleitete die beiden Terrorfahnder zu dem Gate, an dem die Maschine gerade angekommen war.

Mohamed Masoud lief über die Gangway in Richtung der Paßkontrolle. Er überlegte noch kurz, ob er der Stewardess nicht seine Visitenkarte geben sollte, ließ es aber dann sein. Es wäre nicht das erste Mal, daß Nachrichtendienste Stewardessen an Zielpersonen herangespielt hätten. Die Hitze traf ihn wie ein Schlag, als er die klimatisierte Gangway verließ. Die Aircondition in diesem Teil des Flughafens schien im Gegensatz zum Flugzeug nicht zu funktionieren. Die Schlange an der Immigration Control war etwa zehn Meter lang. Unter den Fluggästen befanden sich einige Araber. Da die US Behörden nach den letzten Terroranschlägen sehr sensibel reagierten, dauerte die Überprüfung der Papiere bei der Einreise etwas länger. Als er endlich an den Desk herantrat, erschienen zwei Herren in dunklen Anzügen hinter dem Immigration Officer. Der Ältere der beiden sah ihn an und fragte:

"Mr. Masoud?"

"Ja", antwortete Masoud, als die beiden Herren schon hervortraten und ihre Marken zeigten. Trotz der Hitze lief Masoud ein eisiger Schauer über den Rücken.

"Cole. FBI. Wir haben einen Haftbefehl gegen sie. Ich nehme sie wegen des Verdachtes der Unterstützung einer terroristischen Vereinigung, der Beihilfe zum Mord, des Waffenhandels sowie der Geldwäsche in mehreren Fällen fest. Alles was sie von jetzt an sagen, kann gegen sie verwendet werden. Sie haben das Recht, sich sofort einen Anwalt zu nehmen. Falls sie sich keinen Anwalt leisten können, wird ihnen einer gestellt."

Atlanta, am nächsten Morgen
Die Morgensonne schien warm durch die Scheiben des Office von Raymond Grey, Distriktstaatsanwalt von Atlanta. Grey stand an seinem Fenster und sah in Richtung der im Osten aufgehenden Morgensonne. Sie kroch langsam über den Horizont und überzog die Vororte

von Atlanta mit einem goldenen Schimmer. Im Norden war ein Teil des Piedmont Parks zu sehen, in dem vermutlich die ersten Jogger ihre Runden drehten. Grey fragte sich, wann er endlich Zeit haben würde, ein oder zwei Stunden von seinem derzeitigen Arbeitstag abzuknipsen, um mal wieder Sport zu treiben. Er lugte über die Schulter auf die Aktenberge, die sich auf seinem Schreibtisch stapelten. Raymond Grey sah als einer der wenigen Jurastudenten nicht seinen Berufsweg darin, Firmen zu beraten oder umfangreiche Zivilprozesse zu führen. Der Sohn eines Polizisten aus New York arbeitete während seiner Ferien und später auf der High School als Pizzakurier und Fensterputzer, um mit seinen Ersparnissen und der Unterstützung seiner Eltern das Jurastudium in Harvard finanzieren zu können. Es widerte ihn im Laufe des Studiums immer mehr an, wie sich seine Mitstudenten bei Firmen andienten. Die erledigten mehrere Semester umsonst Handlangerarbeiten für andere Anwälte, um dann durch Beziehungen nach dem Studium mehr oder weniger redliche Manager zu beraten. Manchmal fragte er sich, ob er mehr seinem Vater, einem irischen, in der dritten Generation in den USA lebenden Dickschädel, oder seiner Mutter, einer fürsorglichen, ebenfalls mit katholischen Werten erzogenen Tochter italienischer Einwanderer, ähnelte. Als Grey zu dem Schluß kam, daß er den Dickschädel von seinem Vater haben mußte, ging die Sprechanlage:

"Mr. Grey! Hier sind zwei Herren, die sie kurzfristig sprechen möchten. Es ist sehr dringend!"

"Um wen handelt es sich?"

"Mr. Winter vom Justizministerium und ein Begleiter."

"Sie können gleich hereinkommen."

Die Tür öffnete sich und Lorna, seine Sekretärin, geleitete zwei Herren in dunklen, dezent gemusterten Anzügen hinein. Der Ältere trug einen grauen Zweireiher über

16

einem weißen Hemd mit einem grauen Schlips. Sein leicht gebräuntes Gesicht lag in Sorgenfalten und er blickte den Staatsanwalt mit einer Miene an, die wenig Gutes verhieß. Sie gaben sich die Hände und Grey begrüßte die beiden:

"Guten Morgen meine Herren. Bitte nehmen sie doch Platz. Was kann ich für sie tun?"

Die Männer setzen sich auf die lederbezogenen Lehnstühle gegenüber des Schreibtisches von Grey. Der ältere, etwa fünfzig Jahre, stellte sich mit einer sonoren Stimme vor:

"Mark Winter, Department of Justice. Das hier ist..."

"George Hunt, Central Intelligence Agency", stellte sich der andere vor.

Der war etwa Mitte Vierzig, mit kurzgeschnittenen, grauen Haare unter einem leicht gebräunten Teint. Er bewegte sich mit der Sicherheit eines Mannes, der keine Zeit zu verlieren hatte. Grey beugte sich vor.

"Mr. Winter, es freut mich, sie kennenzulernen. Was bereitet mir die Ehre?"

"Mr. Grey. Die CIA ist aus Gründen der Nationalen Sicherheit an uns herangetreten. Wir möchten zunächst einmal gerne den aktuellen Stand in Sachen Masoud erfahren."

"Nun, ich weiß, daß sie mir weisungsbefugt sind, Mr. Winter, die Ermittlungen in Sachen Masoud wurden in enger Zusammenarbeit mit dem FBI geführt und bevor ich gegenüber einer nicht zuständigen Stelle, wie der CIA, Informationen über ein laufendes Verfahren gebe, möchte ich doch gerne wissen, weshalb."

Winter lehnte sich zurück.

"Wann gab es hier die letzte Sicherheitsüberprüfung?"

"Das FBI war erst vorgestern hier und durchsuchte alle Räume. Keine Wanzen."

Bei einem Seitenblick zu Hunt erntete Winter ein Nicken und fuhr fort:

"Nach Informationen, die der CIA vorliegen, verfügt Masoud über Kenntnisse, die für die Nationale Sicherheit von erheblicher Bedeutung sind. Diese Kenntnisse sind so wichtig, daß im Rahmen von Ermittlungen vielleicht auch einmal unkonventionelle Wege gegangen werden müßten."

Grey zog die Augenbrauen hoch.

"Ohne ihre Andeutungen zunächst näher zu bewerten..."

Er zögerte kurz und fuhr dann fort:

"Es ist bekannt, daß Masoud als Kopf der UP in den USA für Geldbeschaffungs- und Geldwäschetransaktionen die Verantwortung trägt. Nach seiner Festnahme gestern verweigerte er zunächst die Aussage. Wir konnten vorab mehrere Firmen identifizieren und Immobilien sowie 100 Millionen Dollar auf Bankkonten beschlagnahmen. Auch ohne eine Aussage Masouds können wir ihm organisierten Waffenhandel und Geldwäsche nachweisen, so daß er unter 20 Jahren wahrscheinlich nicht davonkommen wird. Sein Anwalt, Mr. Taylor, wird seine Verteidigung wahrscheinlich darauf aufbauen, daß sich Masoud nur legal politisch betätigt und Spenden gesammelt hat. Das Belastungsmaterial ist jedoch erdrückend. Obwohl Israel seine Auslieferung beantragen wird, werden wir ihm hier den Prozeß machen."

Winter nickte.

"Brilliante Anklage. Übrigens, sie haben in Harvard studiert?"

Grey verspürte ein Stechen in der Herzgegend.

"Was hat das mit dem Fall zu tun?"

Jetzt schaltete sich zum ersten Mal Hunt ein:

"Was, wenn die Verteidigung kurz vor Abschluß des Prozesses, bei einer entsprechenden Besetzung der Geschworenen, plötzlich einige ehemalige Harvardstudenten präsentiert, die die Hand dafür heben, daß der Ermittler Cole und der Ankläger Grey vor über zehn Jahren in Harvard die besten Freunde waren?"

Einige Sekunden lang war nur das Ticken der Standuhr neben dem ausladenden Bücherschrank in einer Ecke des Büros zu hören.

"Wenn sie mir drohen wollen, dann sind Sie bei mir falsch. An ihrer Stelle würde ich jetzt mal Klartext reden, oder sie können gleich gehen, Mr. Hunt."

Winter hob beschwichtigend die Hände.

"Wir werfen ihnen nichts vor. Wir wissen ebensogut wie sie, daß eine gute Zusammenarbeit zwischen Ermittlungsbehörden und eine Festnahme zur taktisch günstigen Zeit prozeßentscheidend sein kann. Aber es geht nicht nur um diesen Prozeß."

"Um was dann?"

Diesmal war es wieder Hunt, der sich zu Wort meldete:

"Wir wissen, daß die Strukturen der UP und ihrer befreundeten Organisationen in den USA und Israel weitgehend aufgeklärt sind. Masoud hat aber mit hoher Wahrscheinlichkeit auch detaillierte Kenntnisse über europäische Terrorzellen. Vor seiner Festnahme kam er aus Frankfurt. Dort hatte er Kontakt zu einer türkischen Gruppe. In Marseille traf er sich mit algerischen Terroristen. Wir brauchen Informationen über diese Kontakte. Hier in den USA drohen ihm einige Jahre. Die wird er in Kauf nehmen müssen. In Israel wird er als Führungsperson der UP nicht mit Samthandschuhen angefaßt. Wenn es die Verteidigung richtig anstellt, wird sie ein Szenario entwerfen, nachdem er Opfer einer politischen Verschwörung eines selbstsüchtigen Ermittlers und eines ehrgeizigen Staatsanwaltes geworden ist. Nach einem Prozeß sinken die Verhandlungchancen. Wenn sie ihm jedoch jetzt ein Angebot machen..."

Das Ticken der Standuhr erinnerte Grey an die Filmszene mit Cary Grant am Bahnhof. High Noon. Er versuchte nachzudenken und Zeit zu gewinnen. Dann verschränkte er die Hände vor der Brust.

"Sie wissen genauso gut wie ich, daß bei den erdrückenden Beweisen kein Handel mit der Verteidigung nötig ist."

Jetzt meldete sich wieder Winter zu Wort:

"Er wird kaum seine Gesinnungsgenossen von der UP verraten. Die Verbindungen zu anderen Terrororganisationen in Europa sind jedoch teilweise durch Konkurrenzdenken bestimmt. Das ist ein Ansatzpunkt."

Winter stand auf und trat an Grey's Schreibtisch heran:

"Es geht ja auch nicht darum, auf eine Anklage hier zu verzichten. Wenn ihm klargemacht wird, daß er entweder über die Strukturen in Europa auspackt und hier mit einer akzeptablen Strafe davonkommt, oder nach Israel ausgeliefert wird, dann ist ein Handel durchaus vorstellbar."

Hunt schaltete sich wieder ein:

"Falls er nicht auspacken will, ist es auch kein Problem, ihm klarzumachen, daß wir es so aussehen lassen können, als hätte er ausgepackt. Falls er sich auf nichts einlassen will, dann kommt er in ein reguläres Bundesgefängnis und rutscht vielleicht mal beim Duschen auf der Seife aus. Die Hand der Mullahs ist lang. Ansonsten kommt er in einen Hochsicherheitrakt mit Garantie auf eine neue Identität nach Absitzen einer gewissen Strafe und wird vielleicht nach kurzer Zeit amnestiert."

Grey wurde jetzt laut:

"Das sind vielleicht ihre Methoden, aber nicht meine. Ich führe hier die Ermittlungen und entscheide über eventuelle Angebote."

Winter schaltete sich vermittelnd ein:

"Ich denke doch, daß wir eine einvernehmliche Lösung im Interesse der Nationalen Sicherheit finden werden."

Grey wußte um seine beschränkten Möglichkeiten und wägte diese mit dem gar nicht so unrealistischen Szenario, welches hier entworfen wurde, ab. Trotzdem konnte er sich nicht damit abfinden, daß die ganze Arbeit nahezu umsonst gewesen sein sollte. Sicherlich war die Festnahme Masoud's in seinem Zuständigkeitsbereich, um eine Zuständigkeit im Verfahren zu begründen, nicht unbedingt die Regel, aber auch nicht unrechtmäßig, zumal eine der Scheinfirmen den Hauptsitz in Atlanta hatte. Aber falls die Verteidigung von seiner Freundschaft mit Cole erfahren sollte, ließe sich daraus natürlich eine publikumswirksame Story machen.

"Was ist denn auf einmal so dringend, daß wir für die anderen die Kohlen aus dem Feuer holen?"

Grey konnte sich einen gewissen Zynismus nicht verkneifen. George Hunt, oder wie er auch immer hieß, öffnete sein Sakko und strich sich mit einer Hand über seine kurzen grauen Haare:

"Wenn wir Kohlen aus dem Feuer holen, dann nur, um uns nicht selbst den Arsch zu verbrennen. Wir sind natürlich unseren NATO Verbündeten verpflichtet. Wenn die Mullahs erst einmal in Europa Fuß gefaßt haben, besteht Gefahr für den ganzen Kontinent. Was das für uns heißt, ist auch klar. Die haben in Bosnien schon einen Fuß in der Tür und sind damit auf dem Balkan etabliert. Im neuen Europa ohne Grenzen können die ihre Terrorzellen in Westeuropa vom Balkan aus problemlos versorgen. Die Iraner unterstützen nicht nur die UP, sondern auch einige andere Organisationen in Westeuropa. Die Europäer sind aufgrund ihrer Querelen über Sicherheitsfragen kaum handlungsfähig. Die Franzosen sind durch fundamentalistische Algerier in den Vorstädten schon so unterwandert, daß sie nur noch

21

Schadensbegrenzung betreiben. Die Deutschen haben einen hohen Anteil an türkischen Gastarbeitern, die sich immer mehr in islamistischen Vereinigungen zusammenschließen. In der Türkei bekommt die TIP, die "Turkiye Islam Partisi", immer mehr Stimmen, die Islamisten sind an der Regierungskoalition in Ankara beteiligt und stellen den Ministerpräsidenten. In England lebt ein hoher Anteil an Pakistani, die noch enge Verbindungen in ihr Heimatland unterhalten, während die Mullahs dort unten die A-Bombe testen. Kurz und gut: die Einflußnahme der Iraner und anderer Islamisten beschränkt sich nicht nur auf die Unterstützung von Terroristen, sondern gilt auch für politisch radikale Gruppen in Europa. Wenn da nicht gegengesteuert wird, und unser NATO Partner Türkei vielleicht unter iranischen Einfluß gerät, haben wir bald den Dritten Weltkrieg. Masoud ist eine Chance den Mullahs Knüppel zwischen die Beine zu schmeißen."

Winter öffnete sein versilbertes Zigarettenetui und bot Grey eine Zigarette an, der ausnahmsweise annahm. Nachdem auch Hunt zugegriffen hatte, ließ er sein Sturmfeuerzeug aufschnappen und Grey beugte sich vor. Als Hunt ihm Feuer gab, sah er einen Teil des gravierten CIA Wappens auf dem Feuerzeug. Wer ein solches Feuerzeug besaß, war nicht mehr im Außendienst tätig, denn die trugen nichts mit sich herum, was eine Identifizierung zuließ. Sie nahmen alle erst ein paar Züge. Grey wußte, daß die beiden Recht hatten. Es widerstrebte ihm zwar, einen Handel mit Masoud zu schließen, aber die Gefahr, daß der Prozeß kippte, war zu groß. Dann lenkte er ein:

"Ich muß zugeben, daß ihr Standpunkt nicht wegdiskutiert werden kann. Auch wenn wir ihn erst seit gestern haben, wird es schon bekannt sein, daß er gefaßt wurde."

Hunt blies einige Rauchkringel in die Luft.

"Wenn wir allzu lange warten, verlieren wir vielleicht den Anschluß. Ich möchte noch einmal betonen, daß diese Angelegenheit die Nationale Sicherheit betrifft."

"Das ist mir klar. Ich werde Cole anrufen."

Er drückte die Sprechanlage.

"Lorna! Geben sie mir Cole und melden sie uns auch im State Prison an. Wir haben bei der heutigen Vernehmung noch zwei Gäste."

Marseille, einige Wochen später

Commandant Claude Vache öffnete gerade die Bürotür, als sein Telefon klingelte.

"Merde! Nicht mal am frühen Morgen hat man seine Ruhe!"

Er nahm das Telefon ab.

"Vache! Was gibt's?"

"Bonjour. Merton. Kommen sie sofort in mein Büro. Es ist dringend."

"Bien sur. Ich bin gleich da."

Vache legte den Hörer auf und fragte sich, weshalb er in aller Frühe bei seinem Chef erscheinen sollte. Claude Vache stand als Commandant dem Kommissariat zur Bekämpfung der Bandenkriminalität in Marseille vor. Die letzten Wochen strapazierten seinen Nerven wie schon lange nicht mehr. Nach Überfällen auf Geldtransporter erbeutete eine Bande von Schwerkriminellen in den letzten Monaten mehrere Millionen Francs. Die Täter, ausgerüstet mit automatischen Waffen und Panzerfäusten, gingen bei ihren Überfällen mit beispielloser Brutalität vor. Sie erschossen einen Geldtransportfahrer und einen Passanten bei den Überfällen und die Medien berichteten ausführlich über die Überfälle. Die Polizei geriet in Zugzwang, da sie keine Erfolge vorweisen konnte. Nach dem dritten Überfall am Vorabend löste Vache eine Großfahndung aus, die Marseille seit Jahrzehnten nicht gesehen hatte. Vermutlich wollte der Chef Ergebnisse sehen. Vache klopfte sich eine Gauloise aus seiner Packung und gönnte sich ein paar Züge auf dem Weg zum Büro des Chefs im 3. Stock.

"Bonjour Catherine! Hast du vielleicht einen Spezialkaffee für mich übrig?" fragte Vache, als er das Vorzimmer von Merton betrat.

Catherine, die Sekretärin von Merton, strahlte über das ganze Gesicht und lachte:

"Na klar. Den wirst du auch brauchen. Dicke Luft."

"Prima."

Er drückte seine Gauloise im Ascher auf Catherines Schreibtisch aus. Der Chef reagierte als militanter Nichtraucher allergisch gegen Nikotin. Commissaire Luis Merton saß hinter seinem Eichenschreibtisch und las Berichte. Das Büro glich dem eines mittleren Managers einer französischen Autofabrik und wirkte trotz der einfachen Einrichtung auf einen außenstehenden Besucher beeindruckend. In einer Vitrine an der Stirnseite des Büros hingen Orden und Fotografien aus der Militärzeit Mertons. Erinnerungen aus der Zeit, als der junge Offizier Merton in Asien für die Republik kämpfte. Über der Vitrine hing das Porträt des konservativen Staatspräsidenten, dem Merton in gewisser Weise nicht nur wegen seinem Aussehen, sondern auch wegen seiner Unnachgiebigkeit ähnelte.

"Nehmen sie Platz! Wie sieht's aus?"

Das schätzte Vache an Merton. Er kam immer ohne Umschweife zur Sache.

"Nach dem Überfall gestern konnten wir brauchbare Zeugen finden. Wir werden ihnen heute Bilder vorlegen. Aufgrund der Militanz bei den Überfällen können wir nicht ausschließen, daß es sich um Geldbeschaffungsaktionen von Terroristen handelt. Wir haben uns die Bilder vom DST besorgt, da es sich aufgrund der ersten Beschreibungen um Algerier handeln könnte."

Der DST, die französische Spionageabwehr, verfügte über umfangreiche Bilddateien und den neuesten Stand der Informationstechnik.

"Gut. Halten sie mich weiter auf dem laufenden. Übrigens müssen wir für morgen starke Kräfte zusammenziehen. Ein Treffen der europäischen Innenminister findet hier in Marseille statt. Tut mir leid, das wurde kurzfristig anberaumt."

"Woher soll ich die Leute denn nehmen? Soll die CRS doch ihren Teil dazu beitragen."

"Vache. Ich kann ihnen nicht versprechen, ihre Leute da rauszuhalten, das hat nun mal Priorität. Wenn denen hier was passiert, finden wir uns auf Tahiti wieder."

Vache nickte zustimmend und fragte sich schmunzelnd, was denn besser sei. In Marseille Schwerverbrecher jagen oder auf Tahiti Aufständische im Zaum halten? Dort bekamen sie immer größere Schwierigkeiten mit den Einheimischen, die sich schon vor Jahren gegen die Durchsetzung der Atomwaffentests gewehrt hatten. Was Vache eigentlich auch verstand. Nach den letzten Tests buchte er seinen lange geplanten Tauchurlaub von Tahiti auf die Seychellen um. Er wandte sich zur Tür:

"Die Arbeit wartet. Ich sage sofort Bescheid, wenn wir weiterkommen."

"Bon."

Damit war alles gesagt. Er betrat wieder das Vorzimmer, und Catherine reichte ihm eine dampfende Tasse Kaffee.

"Das ging aber schnell."

"Du weißt doch, Zeit ist Geld. Merci für den Kaffee." Dann nahm er ihr dankbar die Tasse aus der Hand. Mit ihrem verständnisvollen Lächeln und den smaragdgrünen Augen zog sie ihn immer wieder in ihren Bann. Egal, dachte er sich, für einen Small Talk und einen Kaffee muß immer Zeit sein. Stunden später überschlugen sich die Ereignisse. Lieutenant Michel Gabin betrat am Nachmittag das Büro des Commandant.

"Wir haben durch Zeugen vier Täter des Überfalls von gestern identifizieren können. Angehörige der AIA, der "Armee Islamique Algerienne". Die Wohnung wurde lokalisiert. Die Observation mit mehreren Teams ist veranlaßt."

"Nähere Erkenntnisse?" fragte Vache.

"Wir wissen, daß sie Verbindungen zur palästinensischen UP haben"

Die Haussprechanlage unterbrach Gabin krächzend.

"Hier spricht der Sicherheitsoffizier! Achtung Bombenalarm! Räumen sie nach Alarmplan 1 das Gebäude! Ich wiederhole!..."

Vache und Gabin verließen das Büro und begaben sich auf den Innenhof. Ein Offizier der CRS kam auf sie zu.

"Draußen steht ein Renault an der Fahrtroute der EU Minister. Er wurde routinemäßig überprüft und ist auf einen Algerier zugelassen. Wir haben vorsichtshalber die Räumung veranlaßt und den Bereich um das Fahrzeug abgesperrt."

"Wie heißt der Algerier?" fragte Gabin.

"Ahmed Zenouri, wohnhaft in Lyon."

"Merde. Das ist einer von unseren Männern. Jetzt können wir uns warm anziehen."

Marseille, am nächsten Morgen

Die Luft im Zimmer der Pension "Chez Colette", einer heruntergekommenen Absteige oberhalb des Hafens, war zum Schneiden dick. Die Ascher auf der Anrichte quollen über.

"Mach doch mal die Tür zum Flur auf!" brummte Claude Vache, der auf einem Stuhl am Fenster saß und durch eine Videokamera das gegenüberliegende Haus beobachtete. Gabin drückte die Tür zum Flur des Zimmers im ersten Stock der Pension auf und trat dann ebenfalls an das Fenster heran. Die äußeren Fensterläden waren geschlossen, das Objektiv der Videokamera paßte gerade durch die hölzernen Lamellen. Das Haus gegenüber bot einen erbärmlichen Anblick. Der letzte Anstrich der Fassade des zweistöckigen Anwesens stammte wahrscheinlich aus Zeiten des Algerienfeldzuges und die morschen Fensterläden fielen teilweise schon ab. Auf dem Pflaster der Einbahnstraße vor dem Haus standen in enger Reihe ältere Kleinwagen. Der Gehweg war von überquellenden Mülltonnen gesäumt. Auf dem Abbruchgrundstück, das links an das Haus angrenzte, fanden sich in der Dämmerung fette Ratten ein. Rechts vom Anwesen sah man die erblindeten Scheiben eines ehemaligen Bistros, das jetzt ebenso wie die zwei darüber liegenden Etagen leerstand.

”Ich wette, die haben sich längst verpißt.”
Gabin nahm einen Schluck aus einer Flasche Vitel.

”Die konnten vorher nicht wissen, daß die Bombe nicht losgeht. Aber wie kann man nur so bescheuert sein und für so ein Ding die eigene Karre nehmen?”
Zum Glück unterlief dem Konstrukteur der Bombe aus dem Renault ein Fehler. Nur ein leichter Flüchtigkeitsfehler beim Anschließen der Batterie, doch die Stromzufuhr reichte nicht aus, um eine Detonation herbeizuführen. Die Bauart der Bombe und der verwendete Plastiksprengstoff ließen darauf schließen, daß es sich um Attentäter der AIA handelte. Ähnliche Bomben explodierten bei mehreren Anschlägen im letzten Sommer, unter anderem auch auf den TGV, den Schnellzug zwischen Paris und Lyon. Die AIA bekannte sich zu den Anschlägen und forderte die Freilassung ihrer Mitglieder aus französischen Gefängnissen. Das Kennzeichen des Renault fiel bei einer Ringfahndung nach einem der Überfälle auf. Den Halter Zenouri hatte der DST zusammen mit weiteren Algeriern im Rahmen von Observationen fotografiert. Ein Zeuge erkannte Zenouri

und drei weitere Algerier auf den Bilder als mutmaßliche Täter wieder. Einen der Algerier, Hamid Toufik, konnten der Commandant und sein Team als Mieter des Hauses gegenüber ermitteln. Vache schüttelte gerade seine letzte Gauloise aus seiner Packung, als es an der Zimmertür klopfte. Gabin zog seinen 357er Smith and Wesson aus seinem Schulterholster und stellte sich im Flur seitlich neben die Tür.

"Wer ist da?"

"Beaufort und Ducret, DST"

"Ist schon in Ordnung", sagte Vache.

Gabin öffnete die Tür. Die beiden Männer im Alter von Mitte Dreißig, die den Raum betraten, trugen legere Freizeitkleidung. Sie gaben sich die Hände und stellten sich kurz gegenseitig vor. Beaufort kam gleich zur Sache.

"Wir haben einen V-Mann bei den Algeriern."

"Merde! Warum wissen wir nichts davon?"

"Sie wissen wie das ist. Das ist Verschlußsache, kein Wort darüber zu jemand anderem, auch nicht zu Kollegen. Wir können ihnen das nicht weiter verschweigen, weil wir jetzt an einem Wendepunkt sind."

"Was soll das heißen?"

Vache's Gesichtsfarbe ging langsam in das Rot einer überreifen Tomate über. Er nahm einen langen Zug von seiner Gauloise.

"Wir haben Monate gebraucht, um ihn bei der AIA einzuschleusen. Er ist Franzose, Deckname Gerard. Letztes Jahr im Herbst konnten wir ihn an diese Gruppe heranführen. Aber dann ist er für zwei Monate nach Bosnien abgetaucht. Wir können nicht ausschließen, daß sie ihn umgedreht haben. Wir haben dann durch die Amis erfahren, daß die AIA und die UP in Verbindung stehen. Daraufhin konnten wir die Gruppe wieder aufnehmen. Daher haben sie auch die Bilder. Aber keine Spur von Gerard. Wir konnten eine Beteiligung der Gruppe an den

28

Überfällen nicht beweisen, das zeichnete sich erst vorgestern ab."

"Das wär ja noch schöner gewesen."

Vache beruhigte sich langsam.

"Beaufort, was soll das? Warum die Geheimniskrämerei?"

"Es ist das erste Mal, daß wir jemand reinschleusen konnten. Solange wir nicht absolut sicher wissen, daß sie ihn umgedreht haben, müssen wir ihn schonen. Der Hintergrund geht weit über Frankreich hinaus. Der versuchte Anschlag auf die EU Minister war improvisiert. Sie werden nervös. Das sollten sie wissen, bevor es hier losgeht. Wie sieht es übrigens aus?"

Vache war die Verärgerung anzumerken. Er drückte die Gauloise im Ascher aus und holte tief Luft.

"Die Bruchbude ist umstellt. Ein RAID Kommando in der nächsten Parallelstraße, eins im Bistro gegenüber. Auf den umliegenden Dächern sind Scharfschützen postiert. Ein Zug der CRS als Reserve, zwei Verfolgungskommandos an beiden Enden der Einbahnstraße, für alle Fälle. Wir greifen zu, wenn sie reingehen."

In diesem Moment kam ein Funkspruch.

"Hier RAID 5. Ein roter BMW, besetzt mit drei Personen und ein weißer Peugeot, ebenfalls mit drei Personen in Richtung Zielobjekt!"

Vache griff zum Funkgerät:

"Hier CAMILLE. RAID 1 bis 6! Empfang bestätigen!"

Die einzelnen Kommandos bestätigten den Empfang der Durchsage. Der BMW und der Peugeot fuhren mit normaler Geschwindigkeit am Haus vorbei und bogen am Ende der Einbahnstraße nach links ab.

"Hier RAID 3. Sie fahren wieder in Richtung Hafen."

"Hier RAID 5. Sie kommen wieder in unsere Richtung."

"Hier CAMILLE. Die drehen vielleicht nur eine Sicherheitsrunde."

"RAID 5. Sie biegen wieder in Richtung Zielobjekt ab."

Die beiden Fahrzeuge kamen kurz darauf wieder aus der gleichen Richtung. Der rote BMW hielt vor dem Haus gegenüber. Am Steuer saß ein hellblonder Mann mit Sonnenbrille. Die Personen auf dem Beifahrersitz und auf der Rückbank waren nicht zu erkennen. Der weiße Peugeot fuhr hinter dem BMW in eine Parklücke, direkt vor dem Anwesen.

"Der Fahrer des BMW ist Gerard", meldete sich Beaufort zu Wort.

"Er muß abgesetzt festgenommen werden."

"Eins nach dem anderen."

Vache drückte wieder die Sprechtaste des Geräts:

"Hier CAMILLE. Drei Zielpersonen verlassen den Peugeot und gehen auf Zielobjekt zu. Eine Person aus dem BMW ebenfalls zum Objekt."

Der vom Rücksitz des BMW stieg aus und gesellte sich zu den anderen. Der BMW fuhr weiter. Die vier Personen standen jetzt vor dem Eingang des verfallenen Hauses.

"Hier CAMILLE! RAID 3 und 5! Der BMW fährt weiter. Sie observieren den BMW und greifen bei günstiger Gelegenheit zu! Bestätigen!"

"RAID 3 verstanden."

"RAID 5 verstanden."

In diesem Moment öffnete sich zehn Meter rechts vom Bistro eine Haustür und ein etwa fünfjähriger Junge rannte auf dem Gehweg in Richtung der Personengruppe. Er lachte lauthals und drehte sich in Richtung einer jungen Frau, die ihm hinterherrannte, um. Die junge Frau rief lauthals:

"Jean-Pierre, Jean-Pierre, kommst du hierher zurück!"

Als der Junge die Algerier vor dem Haus erreichte, nahm ihn einer in die Arme, hob ihn hoch und lachte ihn an. Die anderen aus der Gruppe betraten den Hauseingang.

"Merde, Merde, Merde!"

Vache hob sein Funkgerät.

"Hier Camille! Zugriff am Zielobjekt zurückstellen!"

Der rote BMW bog gerade um die Ecke.

"RAID 3. Wir sind am BMW."

Der Algerier, der den Jungen auf den Arm genommen hatte, gab ihn der jungen Mutter, die sich lachend bedankte. Die anderen betraten nun das Anwesen und der letzte folgte ihnen. Die Mutter ging mit ihrem Jungen auf dem Arm in Richtung des Bistros zurück.

"Hier Camille! Zugriff!"

Die Schiebetür eines grauen Kastenwagens, der in Höhe des Abbruchgrundstückes stand, öffnete sich in dem Moment, als der letzte Algerier gerade das verfallene Haus betrat. Er blickte in Richtung des Kastenwagens, als das RAID Kommando aus dem Wagen stürmte. Er schaffte es noch in den Hauseingang zu hechten, während ein anderer die Haustür schloß. Vache und Beaufort stellten sich hinter den Vorsprung des Fensters. Aus der Pension stürmten zwei Männer und zogen die Mutter und ihr Kind in einen Hauseingang neben dem Bistro. Rechts und links der Eingangstür knieten zwei Sicherungsposten in schwarzen Overalls und Helmen mit Maschinenpistolen im Anschlag und zielten auf die Eingangstür. Zwei andere hielten eine Stahlramme in Höhe der Türklinke und stießen dann blitzartig die Ramme in Richtung Schloß. Ein weiterer stand neben dem Eingang und hielt eine Blendgranate zum Abwurf bereit. Es gab einen Knall, als sei eine Kanone abgeschossen worden. Das Schloß gab jedoch nicht nach. Ein weiterer Versuch schlug ebenfalls fehl.

"Hier RAID 1! Zugriff von der Rückseite!"

Zunächst geschah nichts. Dann ging das Inferno los. Der weiße Peugeot direkt vor dem Haus verwandelte sich in einen Feuerball. Die Druckwelle ließ die umliegenden Fenster bersten. Glasscherben und Teile des Fensterladens flogen durch das schäbige Zimmer im ersten Stock der Pension. Die Videokamera lag samt Stativ an der Tür zum Flur. Vache blutete aus einer Schnittwunde an der Stirn. Die beiden vom DST und Gabin blieben unverletzt, wahrscheinlich, weil sie zum Zeitpunkt der Explosion hinter dem Fenstervorsprung in Deckung standen. Dichter, schwarzer Rauch waberte vor dem Fenster. Durch das Dröhnen in den Ohren konnte Vache einen Funkspruch vernehmen.

"Hier RAID 1. RAID 4 ausgefallen. RAID 2. Mit eigenem Feuerwerk Rückseite angreifen. Scharfschützen Front bestreichen! RAID 6! Bergung von RAID 4 durchführen!"

Der Rauch verzog sich langsam. Dort, wo der Peugeot vorher gestanden hatte, lag nur noch ein brennendes Metallknäuel. Die letzten Fensterläden an der Front des Gebäudes zersplitterten unter dem Dauerfeuer der Scharfschützen, die auf dem Dach der Pension lagen. Die Explosion hatte die Männer des RAID 4 voll erwischt. Ein Sicherungsposten bewegte sich noch. Den anderen war nicht mehr zu helfen. Abgerissene Gliedmaßen und Oberkörper lagen in Blutlachen auf zwanzig Meter vor dem Anwesen verstreut. Schreie hallten durch die Gasse. Eines der Fenster im 1. Stock gegenüber fiel aus dem Rahmen. Einer der Scharfschützen auf dem Dach der Pension mußte wohl gerade sein Magazin wechseln, denn dieses Fenster lag jetzt plötzlich nicht mehr unter Feuer. Gabin sah plötzlich einen Mann mit einer RPG7, einer Panzerfaust russischer Bauart, an den Fensterrahmen herantreten. In seinem Bauch gefror ein Eisblock. Die Distanz zwischen den Fenstern betrug etwa acht Meter. Er riß seine 357er aus dem Holster und schoß sofort, ohne näher zu zielen.

"Raus hieeer!"

Vache schaltete sofort und riß die beiden vom DST in Richtung Flur. Gabin ging währenddessen in die Hocke und schoß in knapp drei Sekunden seinen 357er leer. Im Fenster gegenüber war niemand mehr zu sehen. Für einen Moment holte er tief Luft, doch dann schob sich die Spitze der Panzerfaust über die untere Kante des Fensterrahmens. Es gab ein zischendes Geräusch und eine weiße, kleine Rauchsäule stieg, wie von einem seidenen Faden gezogen, von der Spitze der Panzerfaust in Richtung des Dachgeschosses der Pension. Vache, Beaufort und Ducret rannten die Treppen herunter, als eine Erschütterung und ein ohrenbetäubender Schlag die morschen Mauern der schäbigen Pension erzittern ließen. Sie hielten sich am Rand der Wand, als im Lichthof des Treppenhauses Teile des Dachgeschosses herunterstürzten. Dann erreichten sie das Foyer und verließen die Pension durch den Hinterausgang.

Bad Aibling, Abhöranlage der NSA, eine Woche später

Hank Goldblum warf eine Münze in den Schlitz des Kaffeeautomaten und drückte die Taste für schwarzen Kaffee. Als der Plastikbecher mit einem hellen Ploppen aus der Metallschiene auf den Plastikrost rutschte, spürte er einen Klumpen im Magen. Das Raunen der Maschine und das Zischen des heißen Wassers ließen den Klumpen beben. Dieselbe Kaffeemaschine wie damals im Aufenthaltsraum der Abhöranlage "White Sands" in der saudi-arabischen Wüste, kurz vor der irakischen Grenze. Wie im Film erschienen für einige Sekunden die Ereignisse wieder vor ihm. Ein ähnlicher Kantinenraum, die kargen Einheitsstühle und Tische aus dem Bestand der US Army und dieser verfluchte Kaffeeautomat. An der Wand ein Playboykalender, Jahrgang 1991, mit einem knackigen Pin Up Girl auf dem Bild des Monats Februar. Aus einem der Lautsprecher klangen damals die Bee Gees: "How deep is your love", schaumweiche Musik, um die Truppe bei Laune zu halten. Er nahm den Becher mit der halbwegs trinkbaren Kaffeebrühe vom Plastikrost, genauso wie damals. Seine Finger umfaßten den verdickten Ring am oberen Ende, damit er sich nicht die Finger verbrannte. Verflucht, dachte er, die Gespenster der Vergangenheit verdrängend, wir schießen Satelliten in die Umlaufbahn, aber wir können keine Plastikbecher erfinden, an denen wir uns nicht die Finger verbrennen. Dann dachte er wieder an diese Woche im Februar 1991 zurück. Einer seiner wenigen Fronteinsätze bei der NSA, der "National Security Agency". In der Aufklärungsanlage "White Sands" hörte er damals den irakischen Funkverkehr mit. Mit seinen knapp dreißig Jahren der erste "Fronteinsatz" im Golfkrieg, nachdem er schon zuvor Dutzende Aufträge im Ausland mit Erfolg durchgeführt hatte. Dies lag weniger an seiner technischen als an seiner besonderen Sprachbegabung. Er beherrschte neben mehreren Fremdsprachen auch die meisten arabischen Dialekte. Nachdem er sich im Alter von achtzehn Jahren bei der Army verpflichtete, erkannte man frühzeitig seine Begabung und übernahm ihn zur NSA. Der Auftrag dieses US Geheimdienstes bestand in erster Linie in der Aufzeichnung und Entschlüsselung von Funksprüchen, Telefaxen und Telefongesprächen von feindlichen, aber auch befreundeten Staaten. Er nahm einen Schluck von der heißen, braunen Brühe. Seine harten Gesichtszüge um seine eisgrauen Augen, die tief in den Höhlen lagen, ließen auf schmerzliche Erinnerungen schließen und seine kurzgeschorenen Haare betonten den Eindruck seiner kompakten Figur, die in einer olivgrünen Uniform steckte. Die Brühe aus dem Armyautomat schmeckte wie immer,

34

bitter, heiß, aber nie nach dem richtigen Filterkaffee, so wie er ihn erst hier in Deutschland kennengelernt hatte. Aber wie sollte er die Nachtdienste ohne Koffein aushalten? Er konnte die Gedanken an die Nacht im Februar 1991 nicht verscheuchen. Die Nacht in der er, so wie jetzt, seinen ersten Schluck Kaffee nahm, als das irakische Artilleriefeuer in der Station einschlug. Wie bei einem Erdbeben stürzten Teile der Decke des Aufenthaltsraumes herunter, die Beleuchtung fiel komplett aus. Er blieb zum Glück unverletzt, aber zwei seiner zehn Kollegen starben sofort. Vier andere wurden schwer verletzt. Ein Kundschafterhubschrauber, der zufällig in der Nähe aufklärte, evakuierte sie. Vorher jagten sie die Reste der Abhörstation mit Plastiksprengstoff in die Luft. Verbrannte Erde. Es blieb keine Zeit mehr, die Einrichtungen zu bergen. Sie mußten vernichtet werden, bevor sie den Irakis in die Hände fielen. Goldblum warf den halbvollen Plastikbecher angewidert in den Mülleimer und wandte sich zum Gehen ab. In einer Ecke des Aufenthaltsraumes stand ein Fernseher. Gerade liefen Nachrichten auf CNN. Er hielt inne und nahm sich noch einige Minuten Zeit für CNN, das Pflichtprogramm in den Anlagen der Army. Manche Nachrichten kamen dort früher als über die Fernschreiber. Die Reporterin gab einen Überblick über einen Prozeß gegen Terroristen der UP, die vor Jahren in Hamburg im Auftrag des Iran Oppositionelle erschossen hatten. Anschließend wurde ein Special über die internationalen Reaktionen, insbesondere den Abbruch der diplomatischen Beziehungen zwischen den Staaten der EU und dem Iran gezeigt. Die Deutschen brauchten lange Zeit, bis sie begriffen, mit wem sie es zu tun haben, dachte sich Goldblum. Die langjährige, nachsichtige Politik Deutschlands gegenüber dem Iran war ihm unverständlich. Das Trauma der Botschaftsbesetzung von Teheran saß noch tief. Nun gab es einen internationalen Konsens der Härte gegenüber dem Iran.

Jetzt mußte sich dort etwas ändern. Er wußte von anderen Kollegen über die Erosion der revolutionären Geschlossenheit des iranischen Volkes. Mehr als zwanzig Jahre nach der Revolution kam dort Unmut über die diktatorischen Verhältnisse auf. Hank Goldblum verließ den Aufenthaltsraum und ging aus dem Flachbau, in dem sich auch die Kantine befand, in Richtung des Hauptgebäudes. Das Gelände der NSA außerhalb von Bad Aibling glich von weitem einer fiktiven Mondkolonie im nächsten Jahrtausend. Ein Antennenwald auf einem Hochsicherheitsgelände. Inmitten des Geländes lagen, wie überdimensionale Golfbälle, die kunststoffumspannten Herzstücke der Abhöranlagen. Sie erinnerten Goldblum immer wieder an die Spielzeugweltraumstation im Epcot Center in Florida. Dutzende von Störsendern schirmten das Gelände wie eine elektromagnetische Käseglocke gegen feindliche Lauschaktionen ab. Das Gehirn der Anlage lag jedoch unter einem weiteren Flachbau. In dieser unterirdischen Anlage arbeiteten auch einige deutsche Techniker des BND. Goldblum betrat das Gebäude, ging zum Aufzug, steckte seine ID Karte in den Schlitz neben dem Rufknopf und bestellte damit den Lift. Im Aufzug drückte er den Knopf zum dritten Unterschoß, gab einen sechsstelligen Zahlencode, der jeden Tag geändert wurde, in die Tastatur ein und schob eine zweite ID Karte in den Schlitz. Der Aufzug schwebte ins dritte Untergeschoß herab. Er verließ den Aufzug, wiederholte die Prozedur an einer Sicherheitsschleuse und legte seine Handfläche auf einen Scanner. Die Schleusentür öffnete sich unter Druckluft und Goldblum betrat seinen klimatisierten Arbeitsplatz. Das Kunstlicht verbreitete eine gespenstische Atmosphäre, fast wie in einem U-Boot. In einem etwa zehn mal zehn Meter großen Raum saßen Dolmetscher der NSA in zwei Reihen an je fünf Computerterminals. Sie trugen Kopfhörer und selektierten Gespräche, die ihnen Dispatcher aus einer anderen

Abteilung durchstellten. Je nach Priorität der Gespräche übersetzten sie diese und gaben sie sofort in die Terminals ein. Das Kernstück der Anlage bildeten drei überdimensionale Cray Computer in einem anderen Untergeschoß. Die überirdischen Abhöranlagen filterten durch Unterstützung der Computer die Signale, die sie von kommerziellen und militärischen Fernmeldesatelliten erhielten. Da fast alle internationalen Ferngespräche mittlerweile über Satellit liefen, setzte die Abhörtechnik dort an. Auch die über ISDN Anschluß geführten Gespräche gingen über die Glasfaserkabel der Datenautobahn in den Filter des Cray Computers. Dieser selektierte, abhängig vom Ziel der Aufklärung, über sogenannte "Hit Wörter" die Bedeutung der Gespräche. Der Computer filterte jede Sekunde durch Abgleich mit Sprachprogrammen Tausende von Gesprächen. Wenn ein Teilnehmer ein Hit Wort nannte, ein Wort mit besonderer nachrichtendienstlicher Bedeutung, liefen die Bänder in der Aufzeichnungsabteilung an. Nach einer Vorselektierung der Sprache durch die Dispatcherabteilung erfolgte automatisch eine Übermittlung der Gespräche an die Dolmetscherabteilung. Hank Goldblum klopfte seinem Kollegen Jerry Winfield auf die Schulter, der an einem Terminal saß.

"Okay Jerry. Gönn dir auch 'ne Pause."

"Yeah. War nix besonderes los. Nur ein kuwaitischer Scheich in München, der mit den falschen Worten ein paar Nutten bestellt hat. Ich hab's schon löschen lassen. Was gibt's in der Kantine?"

Typisch Jerry, das Vielfraß der Abteilung. Seine exzellenten arabischen Sprachkenntnisse standen im kulturellen Widerspruch zu seiner Vorliebe für Schweinefleisch. Mit seiner durch Schweinshaxen und Weißbier geformten Figur könnte er einem japanischen Sumoringer Konkurrenz machen, dachte Goldblum.

"Ich weiß nicht, ich hab' nur ein Becher Kaffee getrunken", erwiderte er.

"Die Mullahs kriegen übrigens ganz schön Druck. Die europäischen Botschafter ziehen ab. Ich denke, wir kriegen in den nächsten Stunden genug Input."

"Na dann ist's ja wirklich Zeit für ne Pause." Winfield wälzte sich aus dem Lehnstuhl und grinste Goldblum an.

"Ich werd' mal einen Snack nehmen."

In diesem Moment blinkte ein Feld auf dem Computerbildschirm auf: "Eingehende Nachricht"

Goldblum setzte sich hin, nahm die Kopfhörer auf und konzentrierte sich auf die in einem seltenen arabischen Dialekt gesprochenen Worte. Noch bevor sich Winfield zum Gehen abwandte, erschien das entscheidende Hit Wort "Umma" und die beiden Rufnummern auf dem Bildschirm. Ein Gesprächsteilnehmer stand laut Screen in einer Telefonzelle unweit der iranischen Botschaft in Berlin. Das Hit Wort und die Vorwahl klangen erfolgversprechend. Goldblum fing sofort an, die Übersetzung in die freie Maske einzutippen, während sich Winfield einen zweiten Kopfhörer nahm und aufmerksam zuhörte:

"...die Vorbereitungen für die Feier laufen. Khalil wird unsere Freunde in Frankfurt besuchen, aber er wird seine Abreise noch einmal bestätigen. Nach Bestätigung seiner Einladung wird er sich bei unseren Freunden melden. Ich habe vor drei Stunden mit ihm gesprochen und bin gerade zurückgekehrt. Es wird ihm eine Ehre sein, ein Zeichen für unsere Sache zu setzen..."

"...Unsere Freunde werden ihn im heiligen Haus erwarten. Möge Allah mit dir sein. Inschallah..."

Das Gespräch brach ab. Sie sahen wortlos auf den Schirm. Das Hit Wort mußte am Anfang des Gespräches gefallen sein. "Umma" bedeutete in der Übersetzung "Gemeinschaft", also nichts Besonderes im allgemeinen

38

Wortlaut. Wegen dem Bezug zur Terrororganisation "Umma Palästina" bestand aber ein nachrichtendienstliches Interesse. Die Tatsache, daß jemand das Gespräch von einer öffentlichen Telefonzelle in der Nähe der iranischen Botschaft in einem seltenen arabischen Dialekt führte, ließ diesen "Hit" derart bedeutsam erscheinen, daß sie die Information sofort weiterleiten mußten. Bei der Rufnummer des Empfängers handelte es sich um eine iranische Handynummer. Durch eine Sprachanalyse ergab sich vielleicht die Möglichkeit, die beiden Teilnehmer anhand der Klangbilder zu identifizieren, falls ihre Stimmen im Archiv der NSA gespeichert waren.

Goldblum sicherte mit einem Mausklick den übersetzten Inhalt noch einmal ab, druckte die Seite aus und unterschrieb. Winfield, der gleichzeitig mitlas, bestätigte ebenfalls mit seiner Unterschrift die Übersetzung. Während Winfield mit dem Ausdruck zu ihrem Vorgesetzten in der Dispatcher Abteilung ging, begann Goldblum, den Text zu verschlüsseln. Nachdem sich Mitte der Achtziger Jahre ein Techniker mit hochgeheimen Chiffriercodes in die DDR abgesetzt hatte, führte die NSA das Chiffriersystem "Skylight" ein, das letztendlich darauf basierte, daß für jede einzelne Nachrichtenübermittlung ein anderer, auf CD Rom abgespeicherter Code, benutzt wurde. Goldblum nahm die in Plastik verschweißte Disc mit dem Aufdruck "Classified" aus einem verschlossenen Schubfach, riß die Folie auf und schob die CD ins Laufwerk. Dann klickte er die Datei mit dem aufgezeichneten Gespräch und der Übersetzung an. In Sekunden wurde jeder Buchstabe der Datei nach dem Zufallsprinzip in Verbindung mit dem individuellen Datensatz der Disc verschlüsselt. Dann überspielte er die Nachricht über einen Satelliten der NSA zur CIA Zentrale.

Langley, CIA Zentrale, am selben Abend

Der Kurier der Nachrichtenabteilung betrat das Büro in der Abteilung Internationaler Terrorismus. Am Schreibtisch saß ein Mann, Mitte Vierzig, mit kurzgeschnittenen, grauen Haaren. Der Kurier händigte ihm gegen Unterschrift einen versiegelten Umschlag aus. Dann wartete der Mann, bis der Kurier den Raum verließ und brach das Siegel. Er nahm die lasergedruckte Seite mit dem in Bad Aibling verfaßten Abhörprotokoll heraus. Bevor er zu lesen begann, holte er bedächtig eine Zigarette aus einem versilberten Zigarettenetui und ließ er sein Sturmfeuerzeug aufschnappen, auf dem das CIA Wappen eingraviert war. Die Flamme fraß sich in den Tabak und der Mann nahm einen tiefen Zug, der ihn ein Viertel der Zigarette kostete. Nachdem er tief inhaliert hatte, begann er das Abhörprotokoll zu lesen, während er einige Rauchkringel blies. Dabei spielte er mit seinem gravierten Sturmfeuerzeug. Dann schaltete er den Computer auf dem Schreibtisch ein und begann zu schreiben:

"to:

national security adviser

all nato intelligence services

top secret - top secret - top secret

nach hier vorliegenden erkenntnissen kann in den nächsten tagen ein anschlag durch islamische fundamentalisten in deutschland, vermutlich in frankfurt am main, nicht ausgeschlossen werden.=

top secret - top secret - top secret

central intelligence agency, langley"

Plötzlich zog sich ein Lächeln über das Gesicht des Mannes, der sich einige Wochen zuvor in Atlanta als George Hunt vorgestellt hatte. Kurz darauf sandte die CIA die streng geheime Warnmeldung an alle NATO-Nachrichtendienste.

40

II.

Oberstdorf im Allgäu, einige Wochen später
Das Hofgut lag wenige Kilometer außerhalb von
Oberstdorf an einem Berghang, mit Blick auf eine
Sprungschanze. Auf einer angrenzenden Weide standen
drei braune Kühe. Das Bauernhaus aus dem letzten
Jahrhundert erschien aufwendig restauriert. Die Sonne
schob sich durch die Wolkendecke, als wolle sie das
Frühlingswetter endgültig überlisten und tauchte die hellen
Wände des Anwesens in gleißendes Licht. Wolfgang Stein
stand neben einem Stapel Holz und trieb eine Axt in ein
Scheit, das aufrecht auf einem Block stand. Das
Holzscheit zersplitterte in zwei Teile. Er legte die Axt ab
und warf die beiden Hälften zur Seite. Die Stille im Tal
wurde plötzlich durch ein weit entferntes Summen
unterbrochen, das immer lauter wurde und sich als
Motorengeräusch eines nagelneuen, silberfarbenen BMW
der Fünfer Serie entpuppte. Der BMW zog eine
Staubfahne hinter sich her, als er den unbefestigten
Feldweg von der Bundesstraße im Tal zum Bauernhaus
hinauffuhr. Der Fahrer bog in den Hof ein und hielt zehn
Meter von Stein entfernt. Von den Insassen war aufgrund
der getönten Scheiben nichts zu erkennen. Die hintere
rechte Tür öffnete sich und ein etwa fünfzigjähriger,
mittelgroßer, Mann stieg aus dem Fond, während der
Fahrer im Fahrzeug sitzen blieb. Der Mann im grauen
Anzug trug einen Aktenkoffer in seiner linken Hand.
Graue, sehr kurze Haare und ein ovales, wettergegerbtes
Gesicht standen im Kontrast zu seinen dunklen Augen. Er
ging auf Stein zu und begrüßte ihn.
"Servus Wolfgang. Wie schaut's? Hast du einen
Augenblick Zeit für mich?"
Stein gab ihm die Hand.
"Servus Günther. Lange nicht gesehen. Ein
Enzian?"

41

"Machst du immer noch dein edles Tröpfchen?"

"Klar. Laß uns reingehen."

Sie betraten die im oberbayerischen Stil eingerichtete Wohnstube des Bauernhauses. Gegenüber einer Sitzecke befand sich ein Kamin, daneben stand ein alter Bauernschrank, aus dem Stein eine Flasche ohne Etikett und zwei Schnapsgläschen nahm. Sie setzten sich an den Tisch. Wolfgang Stein fragte sich, warum ihn Günther Erdmann, sein ehemaliger Chef, aufsuchte. Wahrscheinlich wollte er ihn wieder einmal um einen Gefallen bitten. Seine Gedanken schweiften ab. Wie lange kannte er Erdmann schon? Mit Zwanzig hatte er sich für ein paar Jahre bei der Bundeswehr verpflichtet und die Offizierslaufbahn eingeschlagen. Nach der Ernennung zum Leutnant lernte er Erdmann, damals Oberstleutnant im Bundesnachrichtendienst, bei einer Tagung der Bundeswehr in München kennen. Erdmann warb ihn für den Dienst, wie der Bundesnachrichtendienst bei seinen Mitarbeitern genannt wurde, an. Er blieb noch weit über zehn Jahre beim BND, bevor er den Dienst endgültig quittierte und sich aufs Land zurückzog. All das schoß ihm durch den Kopf, als er die Gläschen mit dem selbstgebrannten Schnaps füllte.

"Du bist doch nicht nur wegen meines Enzians hergekommen. Was liegt denn an?"

"Das ist eine längere Geschichte. Wolfgang, ich brauche dich für eine heikle Operation. Das ist eine kurzfristige Sache. Wir können das nicht offiziell machen."

"Du weißt, daß ich raus bin. Ich habe damals meine Gründe gehabt und ich habe die Schnauze voll, für die Politik wieder mal den Arsch hinzuhalten. Oder wie siehst du die Uran Affäre?"

Er spielte auf ein Scheingeschäft vor wenigen Jahren an. Eine russische Gruppe versuchte damals eine geringe Menge waffenfähiges Uran in Deutschland anzubieten und der BND fädelte ein Scheingeschäft mit den Russen ein. Nach Festnahme der Gruppe durch das bayerische LKA beantragte die damalige Opposition einen Untersuchungsausschuß im Bundestag und nutzte den Fall, um die Regierung und den Dienst wegen des Transportweges des Urans in Mißkredit zu bringen.

"Wir sitzen sowieso immer zwischen allen Stühlen."

Erdmann nahm einen Schluck Enzian.

"Es zeichnet sich eine Veränderung ab. Mit unserem neuen Präsidenten im BND hat auch eine neue Politik Einzug gehalten. Wir können noch nicht einschätzen, was das für uns heißt, aber wir haben jetzt schon genug Querelen und wenig Rückhalt in Berlin. Du weißt, schon der ehemalige Kanzleramtsminister hat mit den Iranern verhandelt, während uns die Amis im Genick lagen, sie gegen die Mullahs zu unterstützen."

"Also, die Iraner."

Stein angelte sich eine Zigarette aus dem Päckchen, das auf dem Tisch lag.

Seine Gedanken schweiften wieder ab. Mehr als zehn Jahre dachte er. Jahrelang weltweit verdeckte Operationen im Dienst des BND, fast ausschließlich unter falschen Legenden.

"Wir hatten doch traditionell gute Beziehungen zu den Iranern."

Das Feuerzeug schnappte und Stein nahm einen langen Zug. Erdmann beugte sich vor.

"Die Iraner ließen vor Jahren in Hamburg drei Oppositionelle durch Vollstrecker der "Umma Palästina" liquidieren. Gegen den damaligen iranischen Innenminister ist Haftbefehl wegen diesem Auftragsmord ergangen. Du weißt, was jetzt das Hamburger Urteil für einen politischen Wirbel und Abkühlung im deutsch-iranischen Verhältnis gebracht hat."

"Aber erst nachdem die Amis Druck über die Medien gemacht haben. Das BKA wollte denselben Minister festnehmen, als der nach dem Attentat zu Gesprächen mit unserem Kanzleramtsminister hier einreiste. Weißt du, was mir hier stinkt?"
Stein wurde laut.

"Wenn hier irgendein Skatfreund vom Kanzler Minister wird und meint er könne Weltpolitik machen, dann müssen wir den Kram wieder hinflicken."
Erdmann zog sein Jackett aus und lockerte seinen dunkelblauen Schlips.

"Wolfgang. Ich komme doch nicht wegen Kleinigkeiten zu dir."
Langsam kam Günther zur Sache.

"Das FBI hat in Atlanta Masoud festgenommen."

"Hab' ich gelesen. Der Gebietsleiter und Geldbeschaffer der UP in den USA."

"Richtig. Sie haben ihn abgeschöpft."
Stein hob den Kopf.

"Er packte aus. Über Verbindungen der UP in Deutschland und Frankreich. Vor ein paar Wochen wollten die AIA und die UP einige EU Minister in Marseille in die Luft jagen. Das ging zum Glück schief."

"Die angeblichen Schwerkriminellen?"
Steins Interesse war geweckt.

"Richtig. Die Franzosen fackelten nicht lange und erschossen die Täter bei der Festnahme, unter anderem auch den V-Mann."

"Ich hab die Bilder im Fernsehen gesehen. Wie im Kosovo. Mit den Franzosen ist nicht gut Kirschen essen."

"Leider ging einiges schief. Die Algerier legten vorher Sprengfallen in ihrem Nest und ihren Fahrzeugen. Das ist aber eigentlich die Handschrift der UP. Wir nehmen an, daß die Palästinenser dahinterstecken und wahrscheinlich nur die Infrastrukturen der AIA genutzt haben. Die verwertbaren Beweise für eine Spur zur UP sind in Flammen aufgegangen, das RAID hat vom Unterschlupf der Algerier kein Stein auf dem anderen gelassen. Der V-Mann konnte zwar zunächst flüchten, geriet aber dann auf der Autobahn mit dem RAID in eine Schießerei."

"Und hat den kürzeren gezogen."

"Die Franzosen stellen die Gruppe als Schwerkriminelle hin, um noch diplomatischen Spielraum zu nutzen. Wolfgang..."

Erdmann sah Stein fest in die Augen.

"...Das Hamburger Urteil bedeutet eine Wende. Entweder die Iraner ändern jetzt langfristig ihren Kurs oder sie verlieren endgültig den Anschluß an die internationale Staatengemeinschaft..."

Stein zog den Ascher zu sich heran und drückte die Zigarette aus.

"Was soll mein Part sein?"

"Schenk uns erst nochmal einen Enzian ein."

Er griff zur Flasche, während Erdmann fortfuhr:

"Die Iraner steuern ihre Aktionen hier überwiegend über ihre Botschaft."

Sein ehemaliger Chef holte wieder mal etwas länger aus.

"Wir hören selbstverständlich die meisten ihrer Telefongespräche und den Funk mit. Die wichtigen Sachen laufen aber über verschlüsselte Funksprüche, Telefonzellen oder Handys."

Langsam kam er mal zur Sache.

"Vor ein paar Wochen konnten wir zwischen Berlin und Teheran ein Ohr in die Leitung legen. Bei einem Gespräch in einer Telefonzelle nicht weit von der iranischen Botschaft fiel ein "Hit Wort". Daraufhin liefen unsere Bänder an."

Stein wußte, daß der BND und die NSA in Europa bei Auslandsgesprächen mithörten. Durch die neueste Computertechnologie ergaben sich in den letzten Jahren immer effizientere Möglichkeiten. Erdmann spielte mit seinem mittlerweile geleerten Gläschen. Er spannte ihn wieder auf die Folter. Aber Stein wußte, daß sein ehemaliger Chef immer Wert darauf legte, den gesamten Hintergrund eines Sachverhaltes ausführlich zu beleuchten. Erdmann fuhr fort.

"...Die "Turkiye Islam Partisi", ist als islamistisch-extremistische Partei in der Türkei..."

"...als der große Gewinner aus den letzten Wahlen hervorgegangen, und stellt in der neuen Regierungskoalition den Ministerpräsidenten", vollendete Stein Erdmanns Ausführungen.

Der ließ sich jedoch nicht aus dem Konzept bringen und nahm sich auch eine Zigarette.

"Die TIP finanziert sich nach Berichten des Verfassungsschutzes zu einem nicht unbedeutenden Teil durch Spendengelder türkischer Firmen und durch Gastarbeiter aus Deutschland. Wir können nicht ausschließen, daß die TIP in der Türkei alleine an die Regierung kommt und ihre Machtanteile ausbaut. Dann stellen die islamischen Fundamentalisten nicht nur in Bosnien, sondern auch am Bosporus den Fuß in die Tür. Der militärische Arm der TIP sind die Schwarzen Brigaden, eine ultrarechte Terrortruppe, die ehemals dem Militär nahestand, sich jetzt aber den Islamisten zugewandt hat."

Erdmann steckte sich jetzt die Zigarette an und fuhr nachdenklich fort:

"Nach den Erkenntnissen der Amerikaner stehen die Schwarzen Brigaden mit der UP in Verbindung. Wir wissen aus dem abgehörten Gespräch und anderen Quellen, daß die UP einen spektakulären Anschlag in Deutschland plant. Wahrscheinlich nutzen sie die Infrastrukturen der Schwarzen Brigaden in Frankfurt. Es kann sein, daß sie den Anschlag als Druckmittel benutzen wollen, um ihre in Hamburg inhaftierten Mitglieder freizupressen."

"Das haben die Algerier vor Jahren in Frankreich auch nicht geschafft", erinnerte Stein an die Bombenserie in Pariser Metrostationen, mit der die AIA vor Jahren versucht hatte, die französische Regierung zur Freilassung von algerischen Terroristen zu erpressen. Erdmann beugte sich vor.

"Aus anderen Quellen gibt es Hinweise, daß die Schwarzen Brigaden den Anschlag der PSK in die Schuhe schieben wollen."

Die sozialistische kurdische Partei PSK prägte nach ihrem Verbot in den letzten Jahren vor allem durch gewalttätige Demonstrationen ihr Bild in der deutschen Öffentlichkeit. Die Führer der PSK stellten ihren Terror als Befreiungskampf für ein autonomes Kurdistan dar und finanzierten die Organisation durch Schutzgelderpressungen und Heroinhandel. Führende Köpfe der PSK äußerten bereits Drohungen gegen deutsche Politiker, da Deutschland den NATO Partner Türkei unterstützte. Die PSK verübte auch mehrfach Brandanschläge auf türkische Einrichtungen und Restaurants. Stein holte tief Luft.

"Wenn das gelingen würde, stießen die Forderungen des NATO Partners Türkei nach weiteren Waffenlieferungen im Bundestag und in Teilen der Öffentlichkeit auf offene Ohren und die Mullahs schlagen zwei Fliegen mit einer Klappe. Weitere Diskreditierung der PSK und Stärkung der Türkei, wo sie immer mehr an Einfluß gewinnen."

Erdmann nahm einen langen Zug, stieß langsam den Rauch aus und sagte bedächtig:

"Es geht hier nicht darum, Öl ins Feuer zu schütten. Aber bei der momentanen politischen Situation sind die Islamisten langfristig wesentlich gefährlicher als die PSK."

Stein lehnte sich zurück und dachte nach. Von draußen konnte man Vogelgezwitscher hören, das sich mit dem

Bimmeln der Kuhglocken mischte. Er wußte, daß Günther ihn gleich soweit hatte. Ihm kam es nicht aufs Geld an. Er ging damals aus Überzeugung zum BND und der Bundespräsident verlieh ihm nach seinem Ausscheiden nicht umsonst das Bundesverdienstkreuz Erster Klasse. Er dachte an die beiden deutschen Manager, deren Freilassung aus der Geiselhaft in Beirut er vor Jahren arrangierte. Auch seine verdeckten Operationen in Ost Berlin direkt nach dem Fall der Mauer trugen dazu bei, daß die Stasi nur einen Teil ihrer Akten vernichten konnte. Die weitergehenden operativen Maßnahmen zur Manipulation der sozialistischen Betonköpfe in der damaligen DDR Führung leitete er damals in Berlin ein. Manche verließen wie Ratten das sinkende Schiff in Richtung Moskau oder Kuba, die meisten jedoch paßten sich schnell an. Manche hängten ihr sozialistisches Fähnchen ganz schnell in den bundesrepublikanischen Wind und brachten es sogar bis zum Ministerpräsident. Das Dröhnen der Standuhr riß ihn aus seinen Gedanken.

"Einen letzten noch."

Günther füllte noch einmal die Gläser.

"Wie gesagt, es geht um einen spektakulären Anschlag in Deutschland. Die genauen Umstände sind noch nicht bekannt. Die UP zieht die Fäden und die Schwarzen Brigaden in Frankfurt stellen die Infrastrukturen bereit. Die Vollstrecker der UP schlagen dann zu. Der Kopf der Operation ist vermutlich Murat Erdogan, einer der maßgeblichen Männer der TIP in Deutschland. Wir müssen an ihn heran. Er pendelt zwischen Frankfurt und Istanbul. Da wir grundsätzlich nur Auslandsaufklärung betreiben und sich der entscheidende Teil in Deutschland abspielen wird, brauchen wir dich."

"Warum nicht der Verfassungsschutz?"

"Da die Operation das Ausland berührt, könnten wir später immer noch eine Zuständigkeit begründen. Nur wenige sind eingeweiht. Der Vize, der Abteilungsleiter 16 C, du und ich."

"Und wenn die ganze Sache schiefläuft, stellt sich der neue Präsident hin und weiß von nichts, im Dienst weiß natürlich auch keiner von was und ich bin der Arsch."

Obwohl er sich noch einmal aufregte, wußte Stein, daß er es machen würde. Günther erwischte ihn immer wieder an seinem wunden Punkt. Er wußte um die Situation und die Gefahren der islamischen Fanatiker und er hatte volles Vertrauen zu Erdmann. Der verzog keine Miene und sah ihn dann ernst an.

"Eine Garantie gibt es nur bei Quelle für 'nen Fernseher. Außerdem weißt du doch, wie das läuft. Du bekommst natürlich für die Dauer der Operation eine andere Identität."

"Wann geht's los?", unterbrach ihn Stein.

Ein Lächeln zog sich über Günthers Gesicht und er legte seinen Koffer auf den Tisch.

Frankfurt am Main, Mittwochabend

Der wolkenlose Frankfurter Abendhimmel bot ein malerisches Farbenspiel, als Stein den Benz über die Alte Brücke in Richtung Innenstadt lenkte. Die Abendsonne im Westen spiegelte sich im Wasser des Mains und ließ ihn im Gegenlicht wie flüssiges Gold erscheinen. Die sich im Sonnenschein spiegelnden Glanzfassaden der Frankfurter Skyline standen in bizarrem Kontrast zu den Giebeln des Römer, des historischen Frankfurter Rathauses, das sich in der Altstadt unter den Wolkenkratzern duckte. Der Zweitname "Mainhattan" paßte mehr denn je zur "amerikanischsten" der deutschen Großstädte. Immer höher, immer moderner, immer extravaganter. Der Bauwettbewerb der großen deutschen Banken erschien manchem Betrachter wie ein Kampf der Giganten. Rechts davon zeichnete sich die Silhouette des Frankfurter Doms ab, Schauplatz der Kaiserkrönungen lange vergangener Jahrhunderte. Der Kontrast zwischen Mittelalter und Moderne faszinierte Stein immer wieder. Nur werden die heutigen Kaiser in den modernen Doppeltürmen der wichtigsten deutschen Banken gekrönt, dachte er und bog hinter der Alten Brücke in Richtung Hauptbahnhof ab. In seiner Lederjacke steckte eine Brieftasche. Sie enthielt Führerschein und Personalausweis, ausgestellt auf Manfred Groß, und den Fahrzeugschein des Daimler Benz mit Augsburger Kennzeichen. Steins Gedanken schweiften wieder zum Gespräch mit Erdmann vor zwei Tagen ab.

"Die Sache ist dringend! Wir haben jetzt die Chance reinzukommen. Die Schwarzen Brigaden in Frankfurt stehen mit deutschen Rechtsradikalen aus dem süddeutschen Raum in Verbindung. Die organisieren über ihre Kontakte in Österreich leichte Waffen, die sie mit Gewinn an die Schwarzen Brigaden verkaufen. Einer der Waffenlieferanten ist gestern in Wien vor ein Auto gelaufen. Keine Überlebenschance. Bei ihm fand man Papiere und Autoschlüssel, die zu einem Benz in der Nähe paßten."

Erdmanns eindringliche Worte klangen immer noch in seinen Ohren.

"Im Kofferraum lagen Waffenkisten. In seinem Notizbuch fand man Einträge über die Lieferung. Der Mann war ledig, sein Stiefvater lebt in Augsburg. Unser Mann in der deutschen Botschaft reagierte sofort und verfügt über gute Kontakte zum Wiener Sicherheitsbüro. Die Sache ruht zunächst. Du nimmst den Platz des Toten ein."

Das war der Grund seiner Fahrt nach Frankfurt. Im spezialgesicherten Kofferraum des 280er Benz lagen zwei Kisten mit zwei Dutzend Sig Sauer Pistolen und zehn Pump Guns, plus mehrere hundert Schuß Munition. Stein hielt auf dem nördlichen Mainkai an einer roten Ampel. Neben ihm stand ein offenes BMW Cabrio. Der Frühling brach aus und beim ersten Sonnenschein öffneten sich schon die Cabrios. Er sah hinüber und erntete ein Lächeln von einer gestylten, blonden Mittdreißigerin, vermutlich eine der ledigen Bankerinnen in Frankfurt, die eine steile Karriere der Familiengründung vorzog. Er lächelte zurück und fragte sich, warum es bei ihm immer wieder schiefging. Das Leben in verschiedenen Identitäten schürte immer wieder eine Art Mißtrauen gegenüber anderen. Eine Ausnahme war Erdmann. Die Frau im BMW fuhr weiter und Stein merkte, daß die Ampel grün zeigte. Kurze Zeit später lenkte er den Benz in eine Parklücke vor der Pension "Metropol" in der Weserstraße. Einzelheiten über den Treffpunkt zur Waffenübergabe an die Schwarzen Brigaden fanden sich im Notizbuch des verstorbenen Groß. Als Anfänger wollte der sich offenbar bei der "Neuen Front" andienen. Die NF, eine Gruppe militanter Neonazis aus dem Raum Augsburg, finanzierte sich nach Verfassungsschutzerkenntnissen teilweise durch Waffenschmuggel. Stein ging die auswendig gelernte Lebensgeschichte aus dem Dossier Manfred Groß in Gedanken noch einmal durch. Einzelgänger, kaum Freunde, der Vater früh gestorben, der Stiefvater schlug ihn oft und seine Mutter soff sich deswegen wohl zu Tode. Alles keine Entschuldigung, dachte Stein. Einige Vorstrafen wegen Körperverletzung nach der Entlassung aus der Bundeswehr. Danach Hilfsarbeiterjobs, ab und zu mal eine Freundin, doch mit ihm hielt es keine lange aus. Seit Jahren keine Bindungen zum Stiefvater, aber seit einigen Wochen Kontakt zur NF. Stein zog den Zündschlüssel ab und stieg aus. Das Bahnhofsviertel hatte sich wenig verändert. Die Weserstraße ging von der Kaiserstraße ab. Abends hielten hier Familienväter mit Kindersitz im VW, um sich eine der ausgemergelten Drogensüchtigen für schnellen Sex ins Auto zu holen. Stein mußte an seine Frankfurter Zeit zurückdenken. Ein halbes Jahr unter falschem Namen im Frankfurter

Rotlichtmilieu, dachte er. Wie die Jahre ins Land gingen. Eine etwa Fünfzehnjährige kam auf ihn zu. Mit ihren strähnigen, zu einem verfilzten Zopf gebundenen Haaren und einem ehemals weißen T-Shirt bot sie einen jämmerlichen Anblick. Ihr starrer Blick schien ihn zu durchbohren.

"Was is Alder? Kommste mit uffs Zimmer? Fuffzisch Mark mit, hundert ohne, was De willst, ei Stund."

Stein ließ sie ohne ein Wort stehen, schloß den Daimler ab und ging in die Pension. Im Notizbuch von Manfred Groß fand sich eine handschriftliche Notiz für diesen Abend:

"19.00 Uhr, Hotel Metropol, Zimmer 29, Weserstraße, Frankfurt am Main"

Keine Telefonnummer, keine weiteren Eintragungen danach. Ein Anfänger, dieser Groß, dachte Stein und sah auf die Uhr. Treffpunkte und Uhrzeiten merkte man sich in diesem Gewerbe. Der Portier hinter dem Tresen war ein Fettsack mit dicker Brille.

"Nuuu, omm' se 'n Simmer räserwiehrd?", krächzte er in breitem Sächsisch.

"Die 29. Ist ne Nachricht für mich da?"

"Nuuu, da muß ich mar gugge."

Der Dicke rollte sich von seinem Lehnstuhl und nahm ein Kuvert aus dem Fach mit der Nummer 29.

"Sähr wool. Zahln Se bitte gleisch, machd neunzisch Mork de Nochd."

Stein nahm das Kuvert entgegen und legte einen Hundertmarkschein auf den Tisch.

"Ich bleibe vielleicht noch länger. Reservieren Sie bitte noch für Morgen. Stimmt so."

"Sähr wool der Herr. Omm' se fleisch noch spezielle Winsche?"

Der Dicke versuchte mit dem linken Schweinsauge hinter seiner Glasbausteinbrille zu zwinkern, was sein Schwabbelgesicht nur lächerlich wirken ließ.

"Nein danke."

Stein ging in Richtung Treppe, da es keinen Aufzug gab. Im Zimmer sah er sich erst sorgfältig um, dann öffnete er den Umschlag und las die Nachricht

"Heute abend, zehn Uhr, Antalya Grill, Münchener Straße, bezahlen Sie gleich mit diesem Schein."

Im Kuvert lag ein zusammengefalteter Hunderter mit einer kaum sichtbaren Markierung, ähnlich eines Halbmondes, in der rechten, oberen Ecke der Banknote. Er zog seine Lederjacke aus, nahm seine Sig aus dem Hosenbund und warf sie aufs Bett. Dann holte er einen handlichen Hochleistungsscanner aus der Innentasche seiner Lederjacke und schaltete ihn ein. Das Programm lief an, doch der auf die üblichen Sendefrequenzen von Wanzen programmierte Scanner sprang nicht an, auch nicht im Badezimmer. Dann nahm er ein Mobiltelefon und ein Taschenradio aus seiner Lederjacke und setzte sich im Bad auf den Rand der Wanne. Er schaltete das Radio auf mittlere Lautstärke und wählte eine Münchener Telefonnummer, die er auswendig kannte und aus Sicherheitsgründen nicht abspeicherte. Nach wenigen Sekunden meldete sich eine neutrale Computerstimme.

"Sie sind auf Scrambler. Sprechen Sie jetzt."

"Erster Kontakt heute abend, zehn Uhr, Antalya Grill, Münchener Straße. Ich melde mich wieder."

Stein beendete das Gespräch, mehr war nicht zu sagen. Er sah auf die Uhr. Noch gut drei Stunden. Genügend Zeit, um alte Kontakte zu aktivieren. Er steckte die Sig wieder in den hinteren Hosenbund und nahm ein Streichholz aus einer Schachtel, die auf dem Nachttisch lag. Dann brach er ein kleines Stück des Hölzchens ab, verschloß seine Zimmertür und stellte den Holzsplitter aufrecht in die rechte untere Ecke zwischen Rahmen und Tür. Die feinen Kleinigkeiten, die in diesem Job zählten. Eine diskrete "Alarmanlage", die eine Türöffnung während seiner

Abwesenheit anzeigen würde. Dieser alten Gewohnheit, Türen auf diese oder ähnliche Arten zu "versiegeln", verdankte er sein Leben. Als er in Richtung Treppe ging, dachte er wieder an den Abend in Bangkok, wie jedesmal, wenn er eine Tür auf diese Weise präparierte.

Ein kleines, schäbiges Hotel in der Chao San Road, im Hippieviertel von Bangkok, unweit des Chao Phraya River. Die Tür erschien wieder vor ihm, wie in einem Film. Nach einem Treffen mit einem Mittelsmann konnte er es nicht erwarten, sich unter die Dusche zu stellen. Der Schweiß lief ihm in den Nacken, die stickige Luft ließ ihn nur flach atmen, als er den Schlüssel in das Schloß seiner Zimmertür steckte. Bevor er den Schlüssel umdrehte, fiel ihm damals blitzartig der dünne Seidenfaden ein, mit dem er die Tür vor dem Treffen versiegelt hatte. Als er sich bückte und erkannte, daß der Faden schief hing, schoß ihm der Schweiß in Strömen in die Augen. Zwei Stunden später saß er in einem Flieger nach Frankfurt. Im Nachhinein stellte sich heraus, daß an der Innenseite seiner Zimmertür ein Pfund TNT mit Abrißzünder klebte, weil ihn sein Mittelsmann an einen Opiumkönig aus Burma verraten hatte.

Stein verließ die Pension und ging die Münchener Straße in Richtung Hauptbahnhof, um die Lage zu sondieren. Im Hauseingang rechts von ihm flackerte ein Licht auf. Qualm waberte aus der Nische. Wahrscheinlich eine der Gestalten, die sich mit Cracksteinen zuballerten. Das Kokainderivat wurde in Pfeifchen geraucht und galt als härteste der harten Drogen. Er dachte an einen Einsatz in Miami zurück, bei dem er mit crackabhängigen Informanten zusammenarbeiten mußte. Innerhalb von Monaten mutierten harte Konsumenten der sogenannten "Cracksteine" zu hirnlosen Zombies, die keine einfachen Arbeiten mehr erledigen konnten. Der Krümel Crack reichte für ein paar Züge aus der Pfeife und damit für einen kurzen, brutalen Kick im Hirn. Als Stein die Nische des Hauseingangs passierte, sah er durch den Qualm die Fünfzehnjährige, die ihn bei seiner Ankunft am Metropol angehauen hatte. Sie hielt ihr Pfeifchen in beiden Händen und sah ihn mit einem Lächeln an, das in erschreckendem Kontrast zu ihren ausdruckslosen Augen stand. Stein ging weiter. Die liberale Frankfurter Drogenpolitik trug auf allen Ebenen ihre "Früchte". Er dachte an seine Waffe. Die Sig steckte im hinteren Hosenbund. Das Magazin faßte fünfzehn Schuß, plus eine Patrone im Lauf. Zwei weitere Magazine steckten in einer Seitentasche seiner Lederjacke, die er über der Waffe trug. Hoffentlich kam er nicht in eine Polizeikontrolle. Zum Glück sah er in seiner neuen Maskerade nicht wie ein Junkie aus. Einen halben Tag verbrachte er nach dem Besuch von Erdmann bei einer Kosmetikerin des BND in München, die sein Äußeres dem von Manfred Groß angepaßte. Die kurzgeschorenen, dunkel gefärbten Haare, und die künstliche Narbe auf der Stirn waren jedoch zu verschmerzen. Er hatte schon schlimmere Maskeraden in anderen Identitäten durchgestanden. Der Antalya-Grill lag neben einem Spielsalon. Ein türkischer Imbiß mit drei Stehtischen. Hinter dem Buffet schnitt ein etwa dreißigjähriger Türke Kebab von einem Drehspieß. Er würde sich an die Vereinbarung halten und den Antalya Grill erst gegen zehn Uhr abends aufsuchen. Dann betrat er den Spielsalon und stellte sich an einen der Geldspielautomaten. Nachdem er sich überzeugte, daß niemand hinter ihm in die Spielhalle kam, lief er weiter bis kurz vor die Toilette, drehte sich um und ging den gleichen Weg wieder zurück. Als ihm niemand auf dem Rückweg entgegenkam, drehte er sich wieder um. "Auflaufen lassen" nannte man diese Taktik im Observationsjargon. Da niemand "auflief", verließ er die Spielhalle durch einen zweiten Ausgang zur Kaiserstraße. An der Kreuzung Moselstraße sah er noch einmal in Richtung des Spielsalons, um sich endgültig zu versichern, daß ihm niemand folgte. Dann ging er durch die Moselstraße. Rechts und links blinkten trotz der frühen Abendzeit schon die Leuchtreklamen der Stripteaseschuppen und Rotlichtbars. Auf der anderen Straßenseite flanierten einige Jungmanager im Maßanzug, wahrscheinlich, um sich den Arbeitstag mit einem Feierabendbier bei schwülem Nacktprogramm zu verlängern. Zu Hause waren's dann wahrscheinlich wieder Mal die Überstunden. Aber der Rauch und das billige Parfum blieben trotzdem in den maßgeschnittenen Anzügen hängen. Was war das doch für eine verlogene Gesellschaft, fragte sich Stein. Durch Prostitution wurden in Frankfurt Millionen verdient. Die Umsätze gingen in erster Linie an die Hausbesitzer und die Pächter, die die Bordelle in der durch die Stadt Frankfurt ausgewiesenen "Toleranzzone" am Hauptbahnhof betrieben. Die Prostituierten, in der Mehrzahl aus Kolumbien und Thailand, mußten für ein schäbiges Zimmer über zweihundert Mark am Tag zahlen. All das schoß Stein durch den Kopf, als er an seinen letzten Einsatz in Frankfurt dachte. Die Jungmanager überquerten die Straße und schlenderten in seine Richtung. Vor ihm schwankte ein etwa zwanzigjähriger Junkie, der sich an einer Sporttasche abschleppte. In Höhe des "Seventh Heaven", einer der Rotlichtbars, blieb der Junkie bei dem Anreißer an der Tür stehen. Im Second Hand Mantel und Breitkrempenhut wirkte der Türsteher wie ein abgehalfterter Heiratsschwindler. Stein sah sich das Schaufenster der Bar an, während der Junkie einen Fotoapparat aus der Sporttasche holte und dem Anreißer anbot. Wahrscheinlich Diebesgut aus einem Autoaufbruch. Die Yuppies kamen über die Straße und gingen in ihre Richtung. Einer aus der Gruppe lachte, als er den Fotoapparat sah.

"Na, hat nicht mal einer 'nen Fünfziger für die arme Sau?"

Sie brachen alle in schallendes Gelächter aus und gingen an dem Junkie und an Stein vorbei. Ein ehemaliger Polizist hatte es einmal treffend formuliert. Für die selbsternannten Moralisten waren Junkies arme Schweine, die zu Dreckschweinen wurden, sobald sie das eigene und nicht andere Autos aufbrachen. Im Schaufenster des "Seventh Heaven" standen leere Champagnerflaschen unter verblaßten Postern mit Pin Up Girls. Die noch blassere Preisliste konnte man kaum noch lesen. Der Anreißer betrachtete sich den Fotoapparat, sah dann zu Stein und raunzte dann den Junkie an:

"Göh foort!"

Er wandte sich Stein zu, wahrscheinlich einen Kunden witternd:

"Wolln's mal reinschaun der Häär?"

Stein blieb stehen und spielte den Unsicheren.

"No kommens doch reein, schauns emal unsere Madels oon."

Die Wiener Mundart des Anreißers nervte ihn.

"Na okay, auf ein Bier."

Nach vielen Jahren betrat Stein nun wieder das "Seventh Heaven". Er schlug den speckigen, roten Samtvorhang beiseite und tauchte in das Halbdunkel der Bar ein. Linker Hand ein Tresen, davor ein halbes Dutzend leere Barhocker, in der Mitte einige abgewetzte Stühle um ein Paar Tische gruppiert. Rechts davon konnte man die Separées im Halbdunkel erahnen. Kein einziger Gast. Wie aus dem Nichts erschien eine aufgedonnerte Mitvierzigerin vor ihm, die ihre besten Zeiten schon vor über zehn Jahren hinter sich hatte. Unter der blonden Perücke konnte die fette Schminke das aufgedunsene Gesicht selbst im roten Dämmerlicht nicht verbergen. Ihr Kunstlächeln unter der Schminke ließ die Tränensäcke kurzfristig unter die Augen hochrutschen.

"Hy, ich bin Peggy, gibst du mir ein Piccolo aus, Süßer?"

Ihre schwere Cognacstimme paßte nicht ganz zu der Asbachfahne, die Stein ins Gesicht wehte.

"Du kannst uns mal zwei kalte Bier holen, und sag Schorsch Bescheid, Besuch ist da", entgegnete Stein, als er sich auf einen der Barhocker setzte. Die kaschierten Tränensäcke rutschten wieder auf Schweinebäckchenhöhe, als ihr Lächeln erstarb. Sie drehte sich ohne ein Wort um und balancierte auf ihren Stöckelschuhen in Richtung Hinterzimmer, das sich linker Hand hinter dem Tresen befand. Wieviele Jahre, fragte sich Stein. Vor wievielen Jahren hatte er den letzten Kontakt zu Hans-Georg "Schorsch" Schwindtmann, einem seiner wenigen Kontaktleute in Frankfurt? Er mußte passen. Zu viele Jahre. Sein verdeckter Einsatz in Frankfurt lag aber noch länger zurück. Mitte der Achtziger Jahre ergaben sich Verdachtsmomente, daß Daniel Spiegelberg, eine Frankfurter Rotlichtgröße, dem NATO Embargo unterliegende Computerteile in die DDR liefern wollte. Die Brisanz lag darin, daß sich damals ein übergelaufener Stasiagent als honoriger Geschäftsmann in Frankfurt etablierte und mit Spiegelberg in enger, geschäftlicher Verbindung stand. Stein mußte damals herausfinden, ob der Überläufer Joachim Zöller nicht zum Schein die Seiten gewechselt hatte, um die Lieferung zu arrangieren. Ein halbes Jahr "undercover" ließ Stein hinter die Kulissen des Frankfurter Rotlichtmilieus blicken. Als Udo Berger, Monteur für Spielautomaten mit Hang zum Zocken, fand er damals schnellen Anschluß an das Umfeld Spiegelbergs, zu dem auch "Schorsch" Schwindtmann gehörte. Nachdem sich der Verdacht nicht bestätigte, nutzte Stein auch bei späteren Aufträgen in Frankfurt die Kontakte zu Schwindtmann, da der BND offiziell im Inland nicht zuständig war. Über Schwindtmanns Beziehungen ließ sich einiges erfahren und arrangieren, was über den Weg der unbeweglichen BND Bürokratie Wochen dauerte. Während der ganzen Jahre konnte Stein seine Legende halten. Die Tür zum Hinterzimmer öffnete sich wieder und Peggy stakste im Balanceschritt hinter den Tresen.

"Du kannst reingehen. Pils oder Export?" gurrte sie.

"Ich nehm das gleiche wie du", erwiderte Stein und warf einen Zwanzigmarkschein auf den Tresen. Als er das Hinterzimmer betrat, wehte ihm der abgestandene Geruch von Zigarren entgegen. "Schorsch" Schwindtmann saß in einem Rollsessel hinter einem Schreibtisch, auf dem sich Aktenordner, Cognacflaschen und mit Zigarrenstumpen überfüllte Aschenbecher stapelten. In dem winzigen Büro wirkte der nahezu zwei Meter große, athletische, glatzköpfige Schwindtmann selbst im Sitzen wie ein Riese. In seinem glattrasierten Gesicht prangte eine plattgeschlagene Boxernase unter zwei zugekniffenen, listigen Augen. Schwindtmann zog seine klodeckelartigen Pranken unter dem Schreibtisch hervor und gab Stein beim Aufstehen die Rechte, die im Ring schon Dutzende Schwergewichtler gefällt hatte. Wie ein Schraubstock schloß sich die Pranke um Steins Hand.

"Warst lange nicht mehr da, Mann."

"Ein paar Jahre", erwiderte Stein.

"Komm, setz dich."

Schwindtmann wies auf einen Bürostuhl neben seinem Schreibtisch. Stein sah sich kurz um. In der freien Ecke des engen Büros stand ein alter Aktenschrank, daneben Pappkartons mit Whiskyflaschen und Zigarettenstangen. An der Wand hinter Schwindtmanns Schreibtisch hingen gerahmte Bilder aus seiner Zeit als Profiboxer neben aktuellen Boxplakaten. Als Stein sich setzte, brüllte Schwindtmann:

"Peggy!"

Wenige Sekunden später öffnete sich die Tür und Peggy kam mit einem Tablett und zwei Flaschen Pils herein.

"Stell's hin und scher dich raus. Und wenn du auf die Idee kommst, lange Ohren zu machen, reiß' ich dir den Arsch auf."

Ihm entging nicht, daß Peggy zu schnell reinkam. Wahrscheinlich stand sie schon vorher hinter der Tür. Als sie dann wortlos rausging und Tür zufallen ließ, angelte Schwindtmann einen phallusförmigen Flaschenöffner aus der Schublade, entkorkte die beiden Bierflaschen und sah Stein fest an.

"Vor zehn Jahren hätt' ich sie schon lange rausgeschmissen. Aber das ist jetzt auch egal. Es läuft schon lange nicht mehr und für die Weiber ist hier in dem Laden keine Mark mehr zu machen. Sie ist eben schon zwanzig Jahre hier und kriegt nirgendwo mehr was."

Hinter der rauhen Schale Schwindtmanns lag ein sensibler Kern. Trotz ihrer Unterschiede lernte Stein den Exboxer in den langen Jahren schätzen. Er stand zu seinem Wort, auf ihn konnte man sich verlassen.

"Es ist eben eine andere Zeit, Schorsch."

"Früher kamen noch ab und zu mal ein paar Geschäftsleute von der Messe, die mal 'ne Sause gemacht haben, aber die trauen sich jetzt nicht mehr her, nachdem sich das miese Volk hier überall breitmacht."

"Die Drogen sind der Anfang vom Ende, Schorsch."

"Mensch Udo, das Pack dealt hier mit Crack und lebt von unseren Steuergeldern... und der Einzige der hier noch bestraft wird, ist der Steuerzahler, der einmal im Jahr besoffen Auto fährt oder bei dem sonstwie was zu holen ist... Zehn Mille soll ich wegen Förderung der Prostitution berappen... die sind doch nich' ganz dicht."

Udo Berger, unter diesem Namen kannte ihn Schwindtmann. Stein griff sich eine Flasche vom Tablett und stieß mit ihm an.

"Auf bessere Zeiten."

"Und auf die alten Zeiten."

In ehemals "besseren" Zeiten galt Schwindtmann nach seiner gescheiterten Boxkarriere als einer der besten Croupiers im Bahnhofsgebiet. Er fuhr in den Achtzigern als Erster das Neueste Mercedescoupe und gewann nach drei durchzockten Nächten über eine Million. Und verspielte die Million in der nächsten Nacht. Sein Schicksal war, daß er leidenschaftlich zockte und nicht die Finger von den Karten lassen konnte. Die Höhen und Tiefen im Leben von Zockern gingen ineinander über. Manchmal lag nur eine Spielkarte dazwischen. Nach seiner Karriere als Croupier stellte ihn Spiegelberg als Geschäftsführer im "Seventh Heaven" ein. Mit der deutschen Einheit kamen die Kunden und zeitweise das große Geld, das ließ aber nach kurzer Zeit wieder nach. Heute erschien Stein das "Seventh Heaven" wie eine abgetakelte Geldwaschanlage der unteren Kategorie. Er griff in die Seitentasche seiner Lederjacke, nahm ein Bündel Hundertmarkscheine heraus und legte einige Scheine zwischen zwei Zigarrenkisten auf den Tisch.

"Ich brauch' eine saubere Lebensversicherung mit Wadenholster."

"Was handliches? Hmmh... Ich kann dir sofort einen 38er mit Hohlspitzmun' anbieten, inklusive Wadenholster... Achthundert..."

"Gekauft. Ich bin für ein paar Tage hier und brauch' vielleicht auch mal kurzfristig was anderes. Behalt den Rest erst Mal."

"Kein Problem." Schwindtmann stand auf.

"Setz dich an die Bar, ich hol dir deine Versicherung."
Sie standen auf. Der Exboxer lagerte die "Eisenwaren" aus Sicherheitsgründen nicht im Büro.

"Zehn Minuten", raunte er ihm zu und verließ die Bar. Stein setzte sich mit seinem Pils an den Tresen. Peggy spülte Gläser und kümmerte sich nicht um ihn. Alte Kontakte aktivieren, dachte Stein. Für alle Fälle, falls unvorhersehbare Entwicklungen eintreten. Die Worte seines Ziehvaters Erdmann erinnerten ihn an seine Ausbildung. Die Sig gab ihm zwar eine gewisse Sicherheit, aber im "Feld" war eine "Doppelbewaffnung" nie verkehrt. Ein alter Ausbilder forderte Stein einmal am Schießstand auf, ihn zu entwaffnen. Damals zog er seinem Schießausbilder blitzschnell die Pistole aus dem Holster.

"Los, schieß doch!" raunzte der ihn an.

Zuerst dachte Stein, daß der Typ nicht mehr ganz richtig war. Dann richtete er die Waffe neben sich auf den Sandboden und krümmte den Finger. Als er es Klicken hörte, wurde ihm klar, daß der ihn reinlegen wollte. Der Verrückte hatte sich bereits zu Boden geschmissen, ein Hosenbein übers Knie gestreift, und richtete einen 38er aus seinem Wadenholster auf Stein.

"Doppelbewaffnung", zischte der Ausbilder damals grinsend.

Seitdem schwor Stein auf eine unauffällige, handliche Lebensversicherung an der Wade. Er dachte an das Scheingeschäft in Miami und die beiden Kolumbianer. Und an Joe, den er am selben Abend mit durchgeschnittener Kehle auf dem Dach des Appartementhauses gefunden hatte. Er unterdrückte die Wut und das Gefühl der Ohnmacht, das ihn wie damals wieder überfiel. Als er die geleerte Bierflasche absetzte, betrat Schwindtmann die Bar und grinste ihn an. Auf Schorsch konnte man sich verlassen.

Pullach bei München, am gleichen Abend
Günther Erdmann stand an einem der Fenster und sah auf die Bäume im Park, die durch das Abendlicht in einen rötlichen Schimmer getaucht wurden. Die schwere Eichentür zum Konferenzraum im ersten Stock der BND Zentrale öffnete sich und ein etwa fünfzigjähriger Mann, bekleidet mit einem dunklen Anzug, betrat den Raum.

"Servus Günther."

"Abend Georg."

Sie gaben sich die Hände und nahmen in weichen Ledersesseln Platz. Georg Werner, Deckname "Sokrates", blickte Günther Erdmann offen mit freundlichen Augen hinter seiner Nickelbrille an. Erdmann fragte sich manchmal, ob man Werner wegen seiner überragenden Intelligenz oder wegen seiner historischen Detailkenntnisse den Decknamen Sokrates verliehen hatte. Als ehemaliger Historiker der Universität München wechselte er vor vielen Jahren zum BND und erstellte zunächst als Orientexperte Lageeinschätzungen in der Nahost-Abteilung. Dann bewarb er sich auf verschiedene Posten in deutschen Botschaften in Jordanien, Zypern und der Türkei, bevor man ihn in die Zentrale nach Pullach versetzte. Nach einigen Jahren Stabsarbeit stieg er zum Leiter der Abteilung 16 C, Internationaler Terrorismus, auf. Seine freundliche, hilfsbereite Art machte ihn im Bürokratendschungel des BND zur Ausnahmeerscheinung.

"Nun, Günther, wie sieht's aus?"

Werner strich sich über seine hohe Denkerstirn.

"Ich habe eine Nachricht von Tristan erhalten. Heute abend ist der erste Kontakt."

Wer auch immer hatte Stein auf den Decknamen Tristan getauft? Vermutlich ein Schreibtischhocker aus der Legendenabteilung mit der Vorliebe für Wagner. Erdmann holte tief Luft.

"Sehr lange kann er mit dieser Legende nicht rumlaufen. Wir wissen nicht, ob sein Kontakt nicht doch den echten Lieferant kennt."

"Das ist unwahrscheinlich. Groß sollte die Lieferung zum ersten Mal fahren, außerdem weiß das Tristan. Er ist unser bester Mann."

War nicht umsonst unser bester Mann, dachte sich Erdmann, als Werner fortfuhr:

"Wir konnten aus verschiedenen Quellen die Information bestätigen, daß der geplante Anschlag demnächst stattfinden soll. Diesmal geht es aber nicht um ein paar Reisebüros oder Dönerbuden, sondern um Spitzenpolitiker. Und zwar schon in wenigen Tagen."

"Und warum erfahre ich das jetzt erst? Wir setzten Tristan einem unvertretbaren Risiko aus. Die werden sich jeden dreimal angucken, der von ihnen auch nur eine Zigarette anbieten will."

In Erdmanns Verärgerung mischte sich leise Belustigung, weil Werner wieder die Nickelbrille von der Nase rutschte.

"Wir haben die Informationen erst heute durch andere Quellen bestätigt. Unsere Informanten in den Reihen der TIP und der Schwarzen Brigaden sind übervorsichtig, was ja auch zu verstehen ist."

Werner schob sich seine Nickelbrille zurück auf die Nase. Erdmann öffnete sein Jackett.

"Wenn die Operation so dringlich ist, frage ich mich, warum außer uns und dem Vizepräsident niemand davon weiß."

Sokrates lehnte sich in seinem Ledersessel zurück und fuhr dozierend fort:

"Du weißt doch selbst, jetzt weht ein anderer Wind. Der neue Präsident öffnet den Dienst nach außen, andere müssen für die unbequemen Operationen den Kopf hinhalten. Er hält die neue Politik der Öffnung eben für notwendig, wir können die Kontrollkommission nicht so abspeisen wie bisher. Wenn wir in unserer Republik schon so weit sind, daß uns die Ultralinken in der Kontrollkommission abschaffen wollen, dann müssen wir rechtzeitig entgegensteuern. Sonst lassen wir uns ohne Narkose kastrieren. Ich frage mich, wo unsere wehrhafte Demokratie geblieben ist. Die linken Steineschmeißer haben ihren Weg durch die Instanzen gemacht."

Erdmann sah es ähnlich. Ein Nachrichtendienst mußte konspirativ arbeiten, sonst war der Erfolg der Arbeit gefährdet. Die Öffnung der Nachrichtendienste wurde durch die Regierung aus politischen Gründen gegenüber liberalen Strömungen vetreten. Aber warum die Geheimniskrämerei bei dieser Operation? Er beschloß, Werner nicht weiter daraufhin anzusprechen und lenkte ein.

"Ich werde Tristan informieren. Er soll dranbleiben, vielleicht kann er ja noch weiterkommen."

Heidelberg, zur gleichen Zeit

Das ins helle Abendrot getauchte Schloß oberhalb der historischen Heidelberger Altstadt bot einen majestätischen Anblick. Einige Gastwirte nutzten die Sonnenstrahlen und die frische Frühlingsluft, um die Biergärten zu öffnen. Die ersten Nachtbummler und amerikanische Touristen mischten sich mit Studenten in den Gassen der Altstadt. Der junge Mann trug drei Bücher unter dem Arm. In seinem blauen Stoffblouson und der hellen Jeans fiel er in dem Gewühl nicht auf. Sein jungenhaftes Gesicht unter den dunklen Locken erschien einem Betrachter völlig unschuldig. Man schätzte ihn in der Regel auf Anfang Zwanzig. Wer ihn jedoch aufmerksam ansah, dem entging nicht der harte Ausdruck in seinen dunklen Augen. Als er an dem Biergarten vorbeiging, stieß er mit einem Kellner zusammen, der Bierkrüge und eine Schlachtplatte schleppte.

"Mensch paß' doch auf!", raunzte ihn der Kellner an, obwohl der junge Mann nur einer Frau mit Kinderwagen ausgewichen war. Seine Bücher fielen hin, während der Kellner, das Tablett jonglierend, weiterging. Er hob seine Bücher wieder auf und strich den Straßenstaub von dem kunstvollen Einband mit arabischen Schriftzeichen. Sein Blut geriet vor Wut in Wallung. Die Frau mit dem Kinderwagen blickte sich um und lächelte ihn an, während sie sich eine Haarsträhne hinter ihr rechtes Ohr strich. Dann drehte sie sich um und schob den

Kinderwagen weiter. Es war ein aufmunterndes Lächeln, eigentlich als Flirt gemeint, aber er empfand es als Demütigung. Er rang sich durch, seinen Zorn unter Kontrolle zu bringen und ging ohne ein Wort weiter. Die Zeit wird kommen, dachte er. Der Anblick des übergewichtigen amerikanischen Ehepaares, das sich in dem Biergarten über eine Schlachtplatte hermachte und das deutsche Bier in sich hineingoß, machte ihn nur noch wütender. Diese Gottlosen, sie werden für ihre Sünden büßen. Für einen Augenblick erschien wieder das Flüchtlingslager im Geist vor ihm. Die Erinnerungen an Beirut vor vielen Jahren wurden wach. Die Geschosse der christlichen Milizen trafen ihn "nur" in die Schulter und sie hielten ihn für tot. Er lag für zehn Stunden im Blut unter seinen beiden erschossenen Brüdern auf der staubigen Straße. Das Stakkato der Maschinenpistolen dröhnte in seinen Ohren, der metallische Blutgeschmack im Mund mischte sich mit dem Staub der Straße. Zehn endlose Stunden, in denen er sich nicht rührte, um nicht doch noch umgebracht zu werden. Seinen Cousin, der sich in einen Hauseingang schleppen konnte, erschossen die Milizen wie einen jungen Hund. Nach diesen zehn längsten Stunden seines Lebens durften Helfer des Internationalen Roten Kreuz die wenigen Überlebenden des Massakers versorgen. Zwei Wochen später konnte er wieder seinen Arm bewegen. Der internationale Aufschrei der Medien schlug damals nur kurze Wellen, die Opfer waren heute schon lange vergessen. Danach gab es für ihn nur noch ein Ziel. Freiheit für Palästina, Rache für seine Brüder. Als einziger seiner Schulklasse nahm man ihn in eine weiterführende Koranschule auf und er qualifizierte sich nach langen Jahren harter Ausbildung für ein Studium in Deutschland. Rachid El Habibi erreichte die nächste Gasse und blickte sich um, bevor er kurz hinter der Straßenecke den Eingang des Fachwerkhauses betrat. Er stieg über die knarrenden Treppenstufen bis zu seiner

Mansarde unter dem Dach. Dort schloß er sein Zimmer auf und zog seine Schuhe aus, die er vor der Tür stehenließ. Die Mansarde war mit billigen Möbeln zwar spärlich, aber trotzdem geschmackvoll eingerichtet. Auf einem Schreibtisch standen ein Personalcomputer und ein Telefon mit Modemanschluß, darüber hingen Ölgemälde mit orientalischen Motiven und arabischen Schriftzeichen. El Habibi verschloß die Tür, legte die Bücher auf den Schreibtisch und hängte seinen Stoffblouson über die Lehne eines Stuhles. Dann schaltete er den Computer und das mit dem Telefon verbundene Modem ein. Sein Computer und die Software stammten aus einem Discountmarkt, aber das Gerät war noch nie abgestürzt. Auf dem Schirm erschien das Logo von World Serve, einem der größten Provider im Internet. Er wählte das Programm zum Versenden einer Mail und schrieb eine kurze Nachricht in englisch:

"Ich danke für die erwiesene Ehre der Einladung. Die Zeit der Zeichen ist gekommen. Ankunft am heiligen Haus am Wochenende. Inschallah. Khalil."

Dann gab er eine Frankfurter Telefonnummer als Empfänger ein, sicherte die Nachricht noch einmal ab und klickte den Befehl zum Absenden der Mail an. Ein wohliges Gefühl der Wärme stieg in seinen Kopf. Man hatte ihn auserwählt im Dschihad, dem Heiligen Krieg, ein Zeichen zu setzen. Er würde Palästina und seinen Brüdern die gebührende Ehre erweisen. Sie wären stolz auf ihn. Die Verräter in den eigenen Reihen des palästinensischen Volkes, die für ein Streifen in der Wüste die Heimat verrieten und mit den israelischen Besatzern kollaborierten, sie werden ihrem Schicksal nicht entgehen. Dann surfte er im Internet, um die neuesten Nachrichten aus dem Nahen Osten abzurufen. Die moderne Nachrichtentechnik bot so viele Möglichkeiten. Von der Anleitung zum Bombenbau bis zur internen Struktur von Geheimdiensten, alles im Internet. Sie sind so dumm, dachte El Habibi. Der Westen liefert sich durch seine liberale Offenheit freiwillig ans Messer. Als die Dunkelheit ins Zimmer der Mansarde kroch, schaltete er seinen Computer aus und kniete sich zum Gebet gen Mekka auf den reich verzierten Teppich.

Bad Aibling, Abhöranlage der NSA, am gleichen Abend
Jerry Winfield studierte die kopierte Speisekarte und zerbrach sich den Kopf, ob er sich zum Abendessen für das Rumpsteak mit Zwiebeln oder für den Schweinebraten mit Specksauce entscheiden sollte, als auf seinem Bildschirm ein Hit angekündigt wurde. Das "Hit Wort" lautete: "Khalil". Als Absender erschien eine Heidelberger Nummer, als Empfänger eine Telefonnummer in Frankfurt am Main auf dem Schirm. Aber kein Text. Vermutlich handelte es sich bei Khalil um die Unterschrift der Nachricht, denn die Aufzeichnung lief zu spät an. Sofort fiel Winfield das Telefongespräch zwischen Berlin und dem Iran ein. Danach nahmen sie den Codenamen "Khalil" in die Datei der "Hit Wörter" auf, um eine neue Nachricht abzufangen. Jetzt ein neuer Kontakt, leider ohne Nachricht, da das "Hit Wort" zu spät fiel. Aber Winfield gab nicht so schnell auf. Er legte die Speisekarte beiseite, sicherte den Bildschirmtext ab, druckte ihn aus und wählte eine Suchdatei. Die Suchdateien galten als Top Secret, aber Winfield war berechtigt, damit Recherchen durchzuführen. Die Dateien basierten im Prinzip darauf, daß jeder Personalcomputer mit Internetanschluß durch die NSA "abgeschöpft" werden konnte. Falls der Computer über Modem mit dem Telefonnetz verbunden war, konnte die NSA die Dateien dieses Computers über eine bestehende Telefonverbindung abrufen und in ihre Archive herunterladen. Winfield gab die Heidelberger Telefonnummer in die Suchdatei ein, worauf eine neue Maske auf seinem Bildschirm erschien. Daraus ergab sich die Heidelberger Anschrift und ein Zusatztext.

"Datenübermittlung über Telekomnetz aktiv. Zur Zeit online Verbindung zum Provider World Serve."

Khalil surft noch im Internet. Nicht zu glauben. Ein breites Grinsen zog sich über Jerry Winfields Gesicht. Mit einem Mausklick loggte er sich in die bestehende Verbindung ein und überspielte in einer halben Minute die Dateien aus Khalils Computer auf die Datenbank der NSA. Der Gedanke an ein saftiges Rumpsteak lenkte ihn für einen kurzen Augenblick ab. Dann suchte er in Khalils Dateien nach der letzten Mail. Als ihm sein Bildschirm die Auflistung der Nachrichten zeigte, klickte er die letzte Mail, verschickt vor wenigen Minuten, an:

"Ich danke für die erwiesene Ehre der Einladung. Die Zeit der Zeichen ist gekommen. Ankunft am heiligen Haus am Wochenende. Inschallah. Khalil."

Er sicherte die Nachricht noch einmal ab, druckte sie aus und gab dann die Frankfurter Telefonnummer in die Suchdatei ein. Anschlußinhaber war eine Moschee in der Münchener Straße. Das heilige Haus.

Jerry Winfield lehnte sich zufrieden in seinem Rollsessel zurück. Er würde das Rumpsteak zurückstellen und doch den Schweinebraten nehmen. Allein der Gedanke an die Specksauce entzückte ihn immer wieder.

Frankfurt am Main, am selben Abend

Gegen zehn Uhr ging Stein wieder in Richtung Münchener Straße. Das Wadenholster drückte zwar noch ein bißchen am Schienbein, aber man gewöhnte sich daran. Die Zeit im "Seventh Heaven" verging wie im Flug, nachdem Schwindtmann eine kalte Platte geordert und eine Flasche Schampus zum Wiedersehen geköpft hatte. Nach einem Glas stieg Stein auf Kaffee um. Er brauchte einen klaren Kopf. Auf der Kaiserstraße schlenderten noch einige Nachtbummler. Durch den Spielsalon erreichte er die Münchener Straße. Im Antalya Grill stand immer noch derselbe Türke hinter dem Tresen. Zwei Schwarze mit

Baseballkappen und ehemals blauen Jeans lehnten an einem der Tische und kauten jeder an einem Döner Kebab. Vermutlich zwei afrikanische Asylbewerber, die sich ihre spärliche Sozialhilfe mit dem Verkauf von Crack aufbesserten. Stein betrat den Imbiß und bestellte eine türkische Pizza. Der Türke hinter dem Tresen lächelte ihn an. Als er ihm die zusammengerollte Pizza reichte, zog Stein bedeutend langsam den Hundertmarkschein aus der Jackentasche und fragte:

"Es tut mit leid, ich habe kein Kleingeld, geht das auch so?"

Dabei hielt er den Schein in Augenhöhe vor das Gesicht des Mannes und wies mit seinem kleinen Finger auf die Halbmondmarkierung in der Ecke des Scheins. Für einen kurzen Augenblick war ein Aufleuchten in den Augen des Mannes zu sehen. Dann nahm er den Schein:

"Einen Moment bitte."

Stein stellte sich mit dem Rücken zur Wand an einen der Tische. Kurz darauf sprach ihn der Türke wieder an:

"Es dauert noch einen Moment bitte, ich muß noch Kleingeld wechseln."

"Ich hab' Zeit", erwiderte Stein.

In diesem Moment betrat ein versiffter Cracker den Imbiß. Vermutlich ein Nordafrikaner oder Türke. Seine Jeans und sein Sweat Shirt hatten die letzte Wäsche lange hinter sich. Ein dunkler Vollbart umrahmte sein dunkles Gesicht, eine schwarze, ungekämmte Mähne hing bis auf die Schultern. Er stellte sich einen Meter vorm Tresen auf, zog eine Mauser aus dem Hosenbund, richtete die Pistole auf den Mann hinter dem Tresen und röchelte:

"Kohle her, schnell, schnell!"

Den beiden Schwarzen am Nachbartisch traten die Augen unter den Baseballmützen aus dem Kopf. Der Türke sah ihn erschrocken an und hob beschwörend die Hände:

"Ist nicht viel, ist nicht viel, nicht schießen!"

Stein stand etwa drei Meter von dem Räuber entfernt. Der verdrehte auf einmal die Augen, stieß einen undefinierbaren Schrei aus und schoß einmal in das Buffet und einmal auf den Türken. Die Glasvitrine stürzte in sich zusammen, die Scherben fielen ins Gemüse und die Reisschalen. Der Mann taumelte rückwärts gegen die Wand. An seinem linken Oberarm bildete sich ein roter Fleck auf dem weißen Kittel. Das war die Chance. Stein zog die Sig aus dem Hosenbund und schoß dem Cracker zweimal kurz hintereinander ins linke Bein. Die beiden Projektile durchschlugen den Oberschenkel und klatschten in den gekachelten Boden. Als der auf die Knie fiel, entwand ihm Stein mit einer Hand die Mauser und zertrümmerte ihm mit einem Kniestoß das Nasenbein. Der fiel mit blutüberströmtem Gesicht auf den Rücken. Stein steckte seine Sig und die Mauser in den Hosenbund und nickte dem Türken zu, der sich fassungslos seinen blutenden Oberarm hielt. Dann ging er langsam aus dem Imbiß.

Die nächtlichen Lichter der Skyline von Frankfurt spiegelten sich im Mainwasser. Stein stand auf der Untermainbrücke in Höhe der Fahrrinne. Als gerade keine Fahrzeuge die Brücke überquerten, warf er die Mauser in den Main. Nach der Schießerei im Antalya Grill sah er sich für eine knappe Stunde einen Film in einem Pornokino an, bevor er zum Main ging. Er wußte, daß nach etwa einer Stunde die Fahndung der Polizei nachließ, falls ihn überhaupt jemand beschreiben konnte. Sein Kontaktmann würde nichts sagen und die beiden afrikanischen Dealer hatten sich sicherlich auch verdrückt. Er blickte nachdenklich in das Spiegelbild der Skyline und lief dann zurück in Richtung der Pension.

Eine Stunde später parkte er den Benz in der Münchener Straße, zwanzig Meter entfernt vom Antalya Grill, auf der

71

anderen Straßenseite. Keine Polizei in Sicht. Die Glastüren waren geschlossen, aber drinnen brannte noch Licht. Nach einer halben Stunde verließ der Türke vom Buffet den Imbiß. Sein linker Arm hing verbunden in einer Schlinge. Er verschloß mit der rechten Hand die Glastüren und lief langsam in Richtung des Taxistandes kurz vorm Hauptbahnhof. Zehn Meter vor dem Taxistand hielt Stein neben ihm, öffnete die Beifahrertür und fragte:

"Entschuldigung, weißt du vielleicht, wo man jetzt noch gut essen kann?"

Der Türke erschrak zunächst, erkannte dann Stein und stieg zu ihm ins Fahrzeug.

"Fahr mal in Richtung Theater. Ich lade dich ein, du hast ja einiges gut bei mir."

Das kleine türkische Lokal lag unweit der Münchener Straße. Vor Stein stand ein Teller Oliven und ein Schwarzer Tee. Im Lokal war er der einzige Deutsche. Im Eingangsbereich lagen verschiedene Vorspeisen in einer Glasvitrine, dahinter stand ein gemauerter Holzofen, in dem türkische Pizzen gebacken wurden. Die orientalische Musik mischte sich mit den Gesprächen an den umliegenden Tischen. Bülent, der Mann aus dem Imbiß, griff mit seiner unverletzten Hand nach seiner Tasse Tee. Stein spürte, daß er durch seine Rettungsaktion sofort das Vertrauen des Türken gewonnen hatte. Der sah ihn dankbar an.

"Ich stehe in deiner Schuld. Du hast mir das Leben gerettet."

"Wir sollten zusammenhalten. Wir sind nicht nur Geschäftspartner."

Sie tranken beide von ihrem Tee. Stein nahm eine Olive aus einer Schale, drehte sie zwischen den Fingern und versuchte, einen Einstieg zu finden.

"Ich habe deine Lieferung dabei. Wie wollen wir..."

Er sah Bülent fragend an, doch da kam der Kellner mit zwei Tellern an den Tisch. Adana Kebabspieße, dazu Ayran, das türkische Joghurtgetränk. Als sich der Kellner abwandte, beugte sich Bülent vor.

"Wir müssen noch etwas wegen der Lieferung klären. Wo schläfst du denn?"

"Im Metropol."

"Du kannst bei mir übernachten, wenn du willst", bot ihm Bülent an und fuhr fort:

"Bei mir ist es sicherer. Wo ist denn die Ware?"

"Im Auto."

Er wollte das Vertrauen nicht aufs Spiel setzen. Außerdem mußte er die Rolle des Anfängers Groß überzeugend spielen.

"Nach dem Essen hole ich meine Sachen im Metropol."

Eine Stunde später fuhr Stein den Benz in einen Hinterhof in der Frankenallee, oberhalb des Hauptbahnhofes. Das Zimmer im Metropol hatte er geräumt. Das Hölzchen stand noch aufrecht am Türrahmen, also war seine Tarnung nicht aufgeflogen. Bülents Wohnung lag unter dem Dach des Mietshauses. Sie luden die Kisten aus dem Benz in seinen Keller, bevor sie die Treppen bis unters Dach nahmen. Dann setzte Bülent Teewasser auf. Stein wurde klar, daß er jetzt den Fuß in der Tür hatte. Der Anschlag stand bevor und sein Kontaktmann war die einzige Spur. Er durfte es nicht vermasseln.

"Schöne Wohnung hast du", sagte er und betrachtete einen orientalischen Wandteppich im Wohnzimmer.

"Fühl dich hier wie zu Hause, ich stehe tief in deiner Schuld", entgegnete Bülent.

Es wurde eine lange Nacht.

III

Frankfurt am Main, am nächsten Morgen
Stein erwachte auf dem Sofa im Wohnzimmer. Was für eine Umstellung, nach so langer Zeit wieder in einer Legende zu leben. Die ständigen Lügen, das Abwägen und die Vorsicht, nicht durch eine Unstimmigkeit das Mißtrauen seines Gegenübers zu erwecken, das erforderte immer wieder höchste Konzentration. Bülent bot ihm an, für die Zeit in Frankfurt bei ihm zu wohnen. Hoffentlich führte ihn das zu den Attentätern. Das Problem war Bülents Kontakt zur "Neuen Front". Wenn die Kontaktperson in Frankfurt anrief, könnten erhebliche Schwierigkeiten auf ihn zukommen. Am Vorabend hatte er ihn gefragt, ob er mit seinen Kontakten zur NF zufrieden sei. Dadurch erfuhr er, daß Bülent immer eine Telefonnummer in Augsburg anrief. Er mußte unbedingt die Nummer in Erfahrung bringen. Aber er konnte ihn nicht direkt fragen. Wahrscheinlich hätte er als Manfred Groß aus Augsburg selbst die Nummer wissen müssen. Nur kein Mißtrauen erwecken.

"Guten Morgen, gut geschlafen?"
Bülent streckte den Kopf ins Wohnzimmer.
"Ja danke", erwiderte Stein gähnend.
"Ich habe uns einen Tee gemacht."
"Ich komme sofort."
Er dachte an das nächtliche Gespräch zurück. Stein merkte, daß er durch die Rettungsaktion im Antalya Grill das echte Vertrauen des Türken gewonnen hatte. Bülents Vater kam in den Sechziger Jahren als Gastarbeiter nach Frankfurt. Da seine Mutter früh an Krebs starb, erzog ihn sein Vater alleine. Als Halbwüchsiger stieß er zu den rechten Schwarzen Brigaden und prügelte sich mit Anhängern der türkischen kommunistischen Partei auf Versammlungen. Als Bülent Siebzehn war, starb sein Vater nach einer Schlägerei an einer schweren

Kopfverletzung. Er wohnte dann bei seinem Onkel, der ihm dann auch die Arbeit in dem Imbiß vermittelte. Stein wurde aus seinen Gedanken gerissen, als Bülent mit einem Tablett ins Wohnzimmer kam.

"Ich muß bald auf die Arbeit. Der Arm ist schon besser. Was machst du heute?"

"Ich glaube, ich werde mir ein bißchen Frankfurt ansehen. Soll ich dich heute abend wieder abholen?", bot er ihm an.

"Ja, das wäre gut. Ich werde dich heute Nacht meinen Freunden vorstellen. Dann werden wir das Geschäftliche regeln."

Sie tranken Tee und aßen Honigkuchen zum Frühstück. Eine halbe Stunde später brach Bülent auf.

"Bis heute Abend. Ziehe nur die Tür zu, wenn du gehst..."

"Danke...bis heute Abend."

Die Tür fiel ins Schloß. Stein wartete noch zehn Minuten, falls Bülent kurzfristig zurückkehrte. Dann begann er die Wohnung sorgfältig zu durchsuchen. Ein kurzer Anflug schlechten Gewissens kam auf. Doch er verscheuchte ihn. Es war sein Job, Vertrauen zu erschleichen und dann auszunutzen, aber das mußte er sich manchmal immer wieder deutlich machen. Das waren dann die Momente, in denen er seinen Job haßte. Aber er wußte nur zu gut, daß Moral im Vokabular der Terroristen ein Fremdwort war. Dann verscheuchte er den Gedankenanflug und konzentrierte sich auf seine Aufgabe.

Augsburg, fünf Stunden später

Die Glocken erklangen hell vom Perlachturm, als Stein über den Augsburger Rathausplatz ging. Nach vier Stunden Autobahnfahrt hatte er den Benz außerhalb von Augsburg geparkt und den Zug in die Innenstadt genommen. Es war zwar unwahrscheinlich, daß jemand den Benz erkannte, aber er mußte diese Unwägbarkeit ausschließen, um seine Tarnung nicht zu gefährden. Seine Wohnungsdurchsuchung dauerte nicht lange und nach wenigen Minuten fand er die Telefonnummer mit der Augsburger Vorwahl in einem Taschenkalender im Flur. Dann verständigte er Erdmann, der den Anschluß stören ließ, um einen Kontakt zu verhindern. Anschlußinhaber der Telefonnummer war Helmut Jäger, Angestellter in einem Augsburger Getränkegroßhandel. Er wohnte unweit des Rathauses. Der Name Jäger tauchte in einem der Dossiers über die rechtsradikale NF auf. Vermutlich hatte Jäger Manfred Groß für die NF angeworben und ihn nach Wien geschickt, um die Waffen abzuholen. Unter einem Vorwand rief Stein dann in dem Großhandel an und konnte in Erfahrung bringen, daß Jäger jeden Tag gegen dreizehn Uhr Feierabend machte. Gegenüber Jägers Wohnung lag ein Straßencafe. Die Sonne lachte über dem Augsburger Himmel, keine Wolke war zu sehen. Stein holte sich eine "Süddeutsche" an einem Kiosk, setzte sich an einen der Tische und bestellte einen Kaffee. Die Leitartikel berichteten über den Abzug der europäischen Botschafter aus dem Iran und über die Zypernkrise. Stein rief sich das Foto Jägers in Erinnerung. Ein hageres Gesicht mit spitzem Kinn und tief in den Höhlen liegenden Augen. Ein Fanatiker. Vor zwanzig Jahren stand er im Verdacht, an einem Bombenanschlag Rechtsradikaler in München beteiligt gewesen zu sein. Damals kamen mehrere Menschen zu Tode. Die Beweise reichten jedoch nicht für ein Strafverfahren aus, und so wurde er lediglich vom Verfassungsschutz überwacht. Er mußte Jäger aus dem Verkehr ziehen, und unter allen Umständen vermeiden, daß Bülent zu Jäger Kontakt aufnahm. Sein letzter Feindkontakt lag zwar Jahre zurück, aber es würde ihm sicher nicht schwerfallen, dem Schwein ein paar Knochen zu brechen, um ihm einen längeren Krankenhausaufenthalt zu bescheren. Dort konnte man dann seine Kommunikation beschränken. Gegen vierzehn

Uhr lief ein hagerer Mann auf dem Gehweg am Straßencafe in Richtung der Wohnung. Stein genügte ein Blick, um Jäger zu erkennen. Er legte die Zeitung zusammen, warf ein Fünfmarkstück auf den Tisch und stand auf. Am Besten erwischte er ihn im Hauseingang. Jäger ging schräg über die Straße in Richtung seiner Wohnung. Bis auf ein paar Lastwagen, die die umliegenden Geschäfte belieferten, war wenig Verkehr. Jäger erreichte die Straßenmitte und sah sich nach rechts um. Er stand auf der weißen Linie und achtete nicht mehr auf den Verkehr von links, dessen Fahrtrichtung er bereits passiert hatte. Als Stein am Bordstein stehenblieb, löste sich links von ihm ein schwarzer BMW mit getönten Scheiben aus einer Parklücke. Der Fahrer beschleunigte und fuhr direkt auf Jäger zu. Der hörte noch das Aufheulen des Motors und sah sich um, die Augen weit aufgerissen. Zu spät. Der Sportwagen erfaßte Jäger mit der Stoßstange. Der Fanatiker wurde auf die Motorhaube geschleudert und schlug mit dem Kopf auf der Windschutzscheibe auf, die mit einem trockenen Knacken splitterte. Dann fiel der leblose Körper zur Seite und blieb auf der Fahrbahn liegen. Stein verharrte nur kurz und sah die offene, stark blutende Kopfwunde. Der Schädel Jägers stand in unnatürlichen Winkel vom Hals ab. Die Augen starrten ihn mit gebrochenem Blick an. Der Fahrer gab Vollgas und bog in die nächste Seitenstraße ab. Das Kennzeichen war dreckverschmiert. Durch die getönten Scheiben konnte man niemand in dem BMW erkennen. Stein ging weiter. Die Passanten und die Besucher des Straßencafes liefen zusammen und jemand schrie nach einem Arzt. Als er den Rathausplatz erreichte, hörte er aus der Ferne schon die Martinshörner.

Frankfurt am Main, am selben Abend
Stein saß im geparkten Benz in der Münchener Straße, gegenüber vom Antalya Grill. Für die Rückfahrt nach

Frankfurt brauchte er nur drei Stunden. Seine Gedanken drehten sich immer wieder um die zentrale Frage: Wem nützte der Tod Jägers? Konkurrenten bei der Neuen Front? Hatte der Fanatiker vielleicht zuviel gewußt? Sollte Jäger ausgeschaltet werden, bevor er auf ihn traf und ihm Fragen stellen konnte? War seine Legende schon geplatzt? Fest stand nur, daß Jägers Tod als Unfall erscheinen sollte. Ein Mosaik, ein Puzzlespiel. Das Bild erst erkennbar, wenn alle Teile des Mosaiks auf dem Tisch lagen. Aber die meisten Teile fehlten noch. Es gab nur zwei Möglichkeiten: entweder wurde Jäger getötet, weil er als Mitwisser mundtot gemacht werden sollte. Das könnte bedeuten, daß Steins Legende geplatzt und die Operation gescheitert war. Oder Jäger wurde aus anderen, noch nicht absehbaren Gründen getötet. Auf keinen Fall konnte Bülent jetzt noch Kontakt zur NF aufnehmen. Seine Legende bei den Schwarzen Brigaden in Frankfurt schien damit zumindest für die nächsten Tage sicher. Insofern ergab sich durch den Tod Jägers durchaus ein positiver Aspekt, auch wenn Stein brennend interessierte, welches Geheimnis Jäger mit in den Tod genommen hatte. Erdmann wollte ihn erst von dem Fall abziehen, aber dann einigten sie sich, daß er wieder nach Frankfurt fahren würde, auch auf die Gefahr hin, daß die Operation geplatzt sein sollte. Es stand zu viel auf dem Spiel. Eine junge Frau betrat den Antalya Grill. Sie sprach kurz mit Bülent hinter dem Tresen und verließ dann wieder den Imbiß. Dann ging sie auf den Benz zu. Eine Traumfigur. Die Models des bezopften Modekings aus Monaco wären bei ihrem Anblick vor Neid erblaßt. Lange, schwarze Haare fielen auf ihre Schultern. Große, dunkle Augen und hohe Wangenknochen bildeten mit dem roten, vollen Mund einen attraktiven Kontrast. Sie trug ein knappes, beiges Kostüm. Ihre unendlich erscheinenden langen Beine endeten dann doch in hohen Pumps. Als sie Stein mit blitzenden Augen anlächelte, spürte er ein Ziehen in der

Magengrube. Sie hätte auch in einem Kartoffelsack wie eine Märchenprinzessin ausgesehen. Für Sekunden dachte Stein an die schönste Zeit seines Lebens.

"...Die Wellen schlugen sacht an den Strand der Nordküste Ibizas. Sie liefen barfuß im Wasser. Die Sonne brannte erbarmungslos, die frische, salzige Meeresbrise fing sich in ihrem langen, schwarzen Haar. Nachdem sie sich von ihm losgerissen hatte, holte er sie nach einem kurzen Spurt wieder ein, und sie fielen sich im Sand in die Arme. Er sah ihr tief in die dunklen Augen, als sie ihre Arme um ihn schlang..."

Die Beifahrertür ging auf und holte Stein in die Realität zurück. Sie lächelte ihn weiter an, strich sich mit einer eleganten Bewegung ihre Haare hinter das rechte Ohr, und stellte sich vor:

"Ich bin Ayse. Bülent ist noch nicht fertig. Er hat mich gebeten, daß ich mich ein wenig um dich kümmere. Wollen wir vielleicht noch etwas trinken gehen ?"

In ihren rehbraunen Augen lag eine entwaffnende Ehrlichkeit, in ihrer freundlichen, warmen Stimme schwang ein flirtender Unterton, der Stein sofort in den Bann schlug. Er räusperte sich und lächelte.

"Ich bin Manfred. Komm, steig ein."

Sie setzte sich neben ihn und schlug die Beine übereinander. Er ließ den Benz an und fuhr in Richtung Main. Als sie sich anschnallte, bemerkte er mit einem Seitenblick, wie sich ihre Brust unter dem knappen Kostüm spannte. Mensch, bleib cool, denk an deine Rolle. Du bist als Anfänger zwar etwas unsicher, aber du sollst hier einen Auftrag erfüllen.

"Falls uns jemand beobachtet, tu einfach so, als nimmst du mich nur ein Stück mit."

Er sah in den Rückspiegel und nahm die Ampel am Schauspielhaus bei dunkelorange. Keine Verfolger.

"Kein Schatten weit und breit."

Seine rauhe Kehle ließ seine Stimme etwas belegt klingen. Mensch, reiß dich zusammen. Ihr Parfum legte einen sanften, angenehmen Duft in den Benz.

”Komm, halt doch mal am Main und laß uns ein Stück zu Fuß gehen.”

In ihrer Stimme verband sich das angenehme, schwingende Timbre mit einem kaum wahrnehmbaren, aber doch bestimmenden Unterton. Man könnte sie auch für eine Italienerin oder Spanierin halten, dachte sich Stein, worauf wieder die Erinnerungen an Ibiza wach wurden. Jetzt lag wieder diese Spannung, dieses Summen in der Luft. Die aus einer anderen Dimension mit unkontrollierbarer Energie rotierenden, aber doch unsichtbaren Kraftfelder nahmen ihn wieder gefangen. Wie am Strand von Ibiza.

”...Sie vergaßen alles um sich herum, während die Wellen an ihre Beine schlugen und er mit ihr in einen Taumel der Lust glitt. Ihre Augen schienen wie ein Buch voller Rätsel, je länger er hineinblickte, desto weniger konnte er ihrem entrückten Blick entnehmen...“

Sie fuhren wortlos in Richtung Main, während er versuchte, seine Gedanken zu ordnen. Dann parkte er den Benz an der Leonhardskirche und sie gingen zum Mainufer, wo sie sich auf eine Bank setzten. Über dem Sachsenhäuser Ufer auf der anderen Mainseite lugte der Halbmond listig hinter einer Wolke hervor. Die nächste Laterne stand zehn Meter weiter. Im Schatten des Halbmonds, dachte Stein. Sie riß ihn aus seinen Gedanken.

”Warum hast du Bülent das Leben gerettet?”

Er konzentrierte sich auf seine Rolle als Manfred Groß.

”Ich habe nicht lange überlegt. Er war mein Kontakt, er war in Gefahr und ich habe reagiert.”

”Du hast nicht das erste Mal geschossen”, stellte sie mit ernstem Unterton fest.

"Ich bin schon mal über die Linie gegangen, wenn du das meinst."

"Wann?"

Stein lehnte sich zurück und sah in den Halbmond. Das Dossier von Groß rauschte in Gedanken an ihm vorbei.

"Bei Mostar, vor ein paar Jahren."

Sie sah ihn durchdringend an. Ihr Blick war unwiderstehlich. Er spann den imaginären Faden weiter: "Ein Trainingslager bei den Kroaten. Wir haben nach vier Wochen mal den Ernstfall geprobt."

Im Dossier von Groß fand sich eine lockere Verbindung zu einem rechten Kroaten aus Dubrovnik, lange bevor Groß zur NF kam. Sie lächelte ihn verführerisch an. Test bestanden. Dann erzählte Ayse ihm von ihrer Sonderstellung als eine der wenigen Frauen bei den Schwarzen Brigaden. Stein konnte sich ihre Offenheit nur durch eine enge Beziehung zu Bülent erklären, und daß der ihm nach dem Vorfall im Antalya Grill voll vertraute. Sie erzählte ihm von ihrer Jugend in Deutschland und der Türkei. Ihre Eltern starben bereits vor Jahren bei einem Anschlag kurdischer Extremisten während eines Heimaturlaubs in der Türkei. Obwohl die Brigaden Frauen grundsätzlich zurückhaltend gegenüberstanden, nahm man sie in die Organisation auf. Wahrscheinlich aufgrund ihrer Ehe mit Serce, einem Kaderführer der Gruppe. Serce wurde bei einem Einsatz in Anatolien vor drei Jahren von Kurden erschossen. Sie schloß sich danach den Brigaden an. Aus Überzeugung. Stein erzählte ihr von seiner Vergangenheit als Manfred Groß und den Verbindungen zur Neuen Front.

"Laß uns Bülent abholen und dann etwas trinken gehen", schlug sie schließlich vor.

Beim Aufstehen berührte ihre Hand wie zufällig seine. Als sie ihn dabei anlächelte, fühlte Stein wieder das Ziehen in der Magengrube. Sie faßte seine Hand, er zog sie an sich. Es passierte einfach, wie damals auf Ibiza. Sie schlang ihre Arme um seine Schultern. Ihre Lippen trafen sich. Die rotierenden Kraftfelder nahmen ihn erneut in den Bann und drehten sich immer schneller.

Zwei Stunden später saßen sie mit Bülent in einem Restaurant in der Altstadt. Sie bestellten Schwarzen Tee.

"Ich weiß, du hast mir das Leben gerettet. Du hast Herz, und wir brauchen immer Verbündete. Du könntest uns vielleicht helfen."

Bülent sah Stein eindringlich an. Ayse schenkte Stein einen langen, ernsten Blick.

"Bleib noch eine Weile bei uns. Wir haben viele ähnliche Vorstellungen. Vielleicht kannst du uns wirklich helfen, wir planen eine größere Sache..."

Sie ließ ihn nicht mit ihrem Blick los. Bingo. Er war drin. Nur nicht unvorsichtig werden, keine vorschnellen Antworten. Er nahm ein Schluck von Schwarzen Tee und ließ sich mit seiner Antwort Zeit.

"Ich muß erst in einer Woche wieder in Augsburg sein. Ich würde schon noch ein paar Tage bleiben."

Ayse lächelte ihn verführerisch an:

"Gerne."

Da meldete sich Bülent zu Wort:

"Wir müßten noch heute Abend einen Transport machen."

Er kam jetzt endlich zur Sache.

"Die Ware kann nicht lange im Keller liegenbleiben. Ich habe schon einen Kombi besorgt."

"Ich komme natürlich mit, wenn ihr mich braucht", bot Stein an.

Das war die Chance, am Ball zu bleiben.

Die Scheinwerfer des VW Passat schnitten gelbe Lichtbahnen in das Dunkel des Stadtwaldes. Sie verließen die Bundesstraße südlich von Frankfurt und Bülent lenkte den Passat mit Schrittgeschwindigkeit über einen Waldweg. Halb drei Uhr nachts. Im Kofferraum lagen die

Kisten aus Wien. Den VW hatte Bülent schon nachmittags am Bahnhof geknackt und ihn mit geklauten Kennzeichen versehen. Er bestand darauf, nicht mit Steins Daimler zum Depot zu fahren, wo die Kisten vergraben werden sollten. Wahrscheinlich eine Sicherheitsmaßnahme. So ganz trauten sie ihm doch noch nicht. Zu recht. An einer Lichtung, etwa einen halben Kilometer von der Bundesstraße entfernt, hielt Bülent den Passat an. Sie stiegen aus und er öffnete die Heckklappe. Dann nahm er zwei Spaten und ein halbes Dutzend Rettungsdecken aus dem Fond und packte die Folien und die beiden Spaten auf eine Kiste. Stein nahm einen Griff der Kiste, Bülent mit seinem rechten, unverletzten Arm den anderen. Sie gingen etwa dreihundert Meter durch den Wald, bis Bülent an einer Fichte stehenblieb. Dort gruben sie dann eine etwa ein Meter tiefe Grube und Bülent kleidete das Loch mit den beschichteten Rettungsdecken aus. Dann holten sie die zweite Kiste und deckten die Kisten in der Grube mit einer weiteren Rettungsdecke ab. Nachdem sie das Loch mit Erdreich gefüllt und die Grassoden wieder eingesetzt hatten, spendierte Stein eine Zigarette.

"Auch wenn die Dinger in den Kisten gut verpackt sind, sollte keine Feuchtigkeit hineinkommen", bemerkte Bülent.

"Ja, wer weiß, wann man sie wieder braucht", entgegnete Stein vorsichtig und stieß den Rauch seiner Zigarette aus.

"Es war ein langer Tag, laß uns heimfahren."
Sie schulterten ihre Spaten und gingen zurück zum Passat. Mit dem Wissen um das Erddepot schloß sich ein neuer Kreis. Sie vertrauten ihm wirklich.

Pullach bei München, Freitagmorgen
Die Digitalziffern der elektronischen Uhr sprangen auf neun Uhr mitteleuropäischer Zeit. Im abhörsicheren Lagezentrum des BND nahmen die Abteilungsleiter zur

Frühbesprechung auf den komfortablen Sesseln Platz. Das Lagezentrum hatte den Schnitt eines kleineren Universitätshörsaales. In jeder Reihe befanden sich Computer und größere Schaltpulte mit Telefon- und Faxanschlüssen, von denen in Sekunden Verbindungen zu jeder deutschen Botschaft hergestellt werden konnten. Auf den Monitoren der Computer gingen ständig Nachrichten von den deutschen Auslandsvertretungen ein, die von Sachbearbeitern klassifiziert und dann dem diensthabenden Leiter Lagezentrum auf den Schirm gemailt wurden. Der Raum fiel zur Stirnseite hin nach unten ab. An der hinteren Wand befanden sich drei großflächige Bildschirme, auf denen Detailkarten und Satellitenbilder projiziert werden konnten. Jetzt sah man die Weltübersichtskarte auf dem mittleren Bildschirm. Die Prioritäten deutscher Auslandsaufklärung wurden farbig herausgestellt. Die Nachfolgestaaten der ehemalige Sowjetunion waren als wichtigstes Ziel orange, die nordafrikanischen Staaten, der Nahe Osten und Zentralafrika als nächste Prioritäten grün und lila markiert. Die Bildschirme rechts und links dieser Weltkarte zeigten das Logo des Lagezentrums, den Bundesadler mit dem Globus auf der Brust. Erdmann nahm neben Werner hinter einem der Terminals Platz.

"Guten Morgen meine Herren!"

Die sonore Stimme des Abteilungsleiters Analyse klang durch den Saal. Er hatte heute turnusmäßig den Vorsitz der Frühbesprechung. Nachdem sie zunächst der erste Referent mit Satellitenbilder von Militärdepots im Süden Sibiriens gelangweilt hatte, kam der Abteilungsleiter Naher Osten an die Reihe.

"Laut inzwischen gesicherten Erkenntnissen baut Syrien an der Grenze zum Irak zwei Fabriken zur Herstellung von SCUD-C Raketen."

Das Licht im Saal erlosch erneut und auf den Bildschirmen an der Stirnseite erschienen drei verschiedene Auflösungen von Satellitenbildern.

"Nachdem unsere befreundeten Dienste in den USA ihre Satellitenumlaufzeiten geändert haben, sind ihnen diese Bilder aus dem nordöstlichen Syrien gelungen."

Die schwarzweißen Bilder zeigten eine beleuchtete Großbaustelle von etwa einem Quadratkilometer zur Nachtzeit. Eine einzige Straße führte dorthin und auf dieser Straße waren Objekte zu erkennen. Der Abteilungsleiter griff zur Fernbedienung und markierte mit dem Cursor auf dem Bildschirm eines der Objekte. Dann vergrößerte er den markierten Teilabschnitt. Nach mehrfacher Vergrößerung erschien das gestochen scharfe Bild eines Lkws sowjetischer Bauart mit einer Abschußlafette ähnlich derer, auf denen die Russen früher ihre SS 20 Raketen montierten. Auf der Lafette konnte man ein raketenähnliches Gebilde erkennen, das von einer Plane verhüllt wurde.

"Die Syrer erhalten durch Nordkorea und China logistische Hilfe. Wir wissen, daß auch der Iran von China Raketen des nordkoreanischen Typs "Dong Feng 25", Reichweite 1700 Kilometer, erhalten hat. Der Iran wiederum arbeitet mit Libyen an der Herstellung der Rakete "Al-Fatah" und der Weiterentwicklung der nordkoreanischen "No Dong 1" mit einer Reichweite von tausend Kilometern. Nach den jetzigen Lagebeurteilungen wird das Sicherheitsrisiko der NATO Südflankenstaaten durch die Stationierung dieser Raketen und aufgrund der verstärken Flottenverbände islamischer Staaten dramatisch zunehmen. Die "Al-Fatah" und die "No Dong 1" können nach Stationierung in Libyen bereits Süditalien und Griechenland erreichen. Die USA arbeiten unter Hochdruck an einer Weiterentwicklung der Patriotrakete und anderer Raketenabwehrsysteme. Wir müssen meiner

Einschätzung nach bei der Aufklärung im Nahen Osten Schwerpunkte setzen."

Das Licht ging wieder an und der Leiter der Frühbesprechung meldete sich wieder zu Wort.

"Zum Thema islamischer Fundamentalismus bitte ich jetzt um Aufmerksamkeit für den Bericht des Kollegen aus Nikosia."

Ein weiterer Referent im dunklen Anzug erhob sich. Erdmann lehnte sich aufmerksam nach vorne.

"Wir haben Anhaltspunkte, daß die gestrigen Zusammenstöße an der Demarkationslinie auf Zypern durch Vertreter der TIP provoziert wurden. Diese Personen sind nach griechisch-zypriotischen Quellen als ehemalige Angehörige der Schwarzen Brigaden identifiziert worden. Die islamistisch-extremistische TIP ist aufgrund der letzten Wahlergebnisse und insbesondere aufgrund der Regierungsbeteiligung in Ankara als Gefährdungspotential nicht zu unterschätzen. Die westlich orientierten Militärs im Nationalen Sicherheitsrat der Türkei stehen momentan im Konflikt mit islamistischen Kontrahenten. Die Generäle stehen unter Druck, da Teile der Armee schon durch islamische Fundamentalisten unterwandert sind. Die Krise auf Zypern wird in den nächsten Tagen auf europäischer Ministerebene beraten."

Der Mann aus Nikosia setzte sich wieder. Erdmann drehte sich zu Werner um.

"Was zum Teufel", zischte er halblaut.

"Jetzt nicht", schnitt ihm Werner ebenso halblaut das Wort ab.

Es folgten einige Berichte von Abteilungsleitern aus anderen Erdteilen.

Erdmann schlug die schwere Tür zu Werners Büro zu. Der Abteilungsleiter mit dem Decknamen "Sokrates" saß an seinem Schreibtisch und las in einer Akte. Er sah zunächst nicht einmal auf. Seit der Frühbesprechung waren zehn Minuten vergangen.

"Warum zur Hölle wird das bevorstehende Attentat nicht zur Sprache gebracht? Wir haben hier ein Gefährdungspotential der TIP in Deutschland und alle tun so, als ob sie nichts davon wissen!"

Sokrates nahm seine Nickelbrille ab.

"Setz dich doch erst mal"

"Ich will jetzt verdammt nochmal wissen, was los ist, sonst ziehe ich Tristan sofort ab!"

Erdmann war außer sich.

"Wenn du nicht das Leben von mehreren EU Ministern auf dem Gewissen haben willst, dann beruhige dich erst mal."

Sokrates sah ihn mit versteinertem Gesicht und verkniffenen Augen an und fuhr fort:

"Wenn Tristan zurückgezogen wird, dann sind wir so weit wie vorher."

"Wieso EU Minister? Warum weiß ich nichts davon?"

Der Abteilungsleiter lehnte sich zurück.

"Wir haben erst gestern davon erfahren. Es ist ein Anschlag auf EU Politiker geplant. Aber die Bestätigung durch andere Quellen läuft noch."

Erdmann setzte sich auf den Ledersessel vor Werners Schreibtisch, der fortfuhr:

"Am Montag findet kurzfristig ein Treffen der EU Verteidigungsminister in Frankfurt statt. Es geht um die Krise auf Zypern. Nach unseren Informationen soll der Anschlag am Montag in Frankfurt stattfinden."

"Das sind noch drei Tage. Ich muß Tristan erreichen."

Werner setzte wieder seine Nickelbrille auf.

"Jetzt verstehst du hoffentlich, warum diese Operation so wichtig ist. Wir brauchen Tristan vor Ort. Eine Garantie haben wir natürlich nicht, aber wenn wir zu früh zuschlagen, wird das Kommando ersetzt. Dann haben wir den Teufel mit dem Beelzebub ausgetrieben. Wir müssen den Laden kurz vorher hochgehen lassen und Tristan spielt die entscheidende Rolle."

"Und wenn es schiefgeht, ist unser Präsident fein raus, weil wir ja im Inland nicht tätig werden und der große Mantel des Schweigens wird ausgebreitet."

"Günther, du bist doch schon lange im Geschäft und weißt wie das läuft. Wir haben jetzt eben andere Zeiten und unsere Chefs müssen sich mit den Ultraliberalen arrangieren. Der kalte Krieg ist nun mal vorbei und die wollen uns das Wasser abgraben. Mensch, das muß ich dir doch nicht sagen. Wir müssen die Kuh so vom Eis kriegen."

Erdmann steckte sich eine Zigarette an.

"Was sagt der Vize dazu?"

"Ich halte ihn immer auf dem neuesten Stand. Wenn die Informationen über den Anschlag verifiziert sind, werde ich ihn unterrichten. Die näheren Umstände kennt er nicht. Er weiß noch nicht mal, wer Tristan ist, aber das wollte er auch gar nicht wissen."

Der Vizepräsident, ein ehemaliger Heergeneral, stand kurz vor der Pensionierung. Leider einer der letzten Hardliner beim Dienst, der schon in Gehlen's Stab gedient hatte und sein Handwerk verstand. Aber er sehnte sich ein wenig nach den Zeiten des kalten Krieges zurück, wo der Feind noch leichter zu bestimmen war. Erdmann zog langsam an seiner Zigarette. Als Abteilungsleiter für operative Maßnahmen hatte er unzählige Operationen geleitet, aber jetzt überkam ihn ein ungutes Gefühl. Sokrates holte ihn aus seinen Gedanken zurück.

"Meinst du wir sollten Tristan Rückendeckung in Frankfurt geben?"

"Du weißt, daß er immer allein arbeitet. Er ist dann am Erfolgreichsten. Was steckt denn eigentlich hinter dem Anschlag auf Jäger?"

Der Abteilungsleiter 16 C blätterte in der Akte, die vor ihm auf dem Tisch lag.

"Die Augsburger Polizei ermittelt wegen einer tödlichen Unfallflucht. Das Fluchtfahrzeug war gestohlen. Bisher keine Spuren."

"Ich fahre nach Frankfurt. Ich werde Tristan kontaktieren und in die neue Lage einweisen."

Erdmann drückte seine Zigarette im Ascher auf Werners Schreibtisch aus und stand auf. Werner gab ihm die Hand.

"Wünsch' ihm Hals und Beinbruch von mir. Die Warnmeldung bezüglich des Anschlages geht nach der Bestätigung sofort an das BKA raus. Wenn es soweit ist, soll dich Tristan informieren. Du setzt dich dann sofort mit dem BKA in Verbindung und koordinierst die Maßnahmen. Gib' mir dann auch gleich Bescheid."

Nachdem Erdmann das Büro verlassen hatte, fingerte er trotz des Rauchverbots auf dem Gang noch eine Zigarette aus seinem Päckchen. Ein Verwaltungsbürokrat mit pomadigem Seitenscheitel sah ihn mißbilligend an, aber das war ihm egal.

Stein erwachte durch den intensiven Kaffeeduft. Er sah auf seine Armbanduhr. Halb elf. Sechs Stunden Schlaf sind zwar nicht die Welt, aber besser als gar nichts. Er schlug die Wolldecke zurück und stand vom Sofa in Bülents Wohnzimmer auf.

"Guten Morgen! Wie geht es dir?"

Ayse stand in der Wohnzimmertür. Sie trug einen Jogginganzug in poppigem Pink. Ein helles Band hielt ihre langen Haare zusammen. Mit ihrem dezenten Make Up sah sie einfach phantastisch aus.

"Prima. Nach einem Mokka bin ich nachher nicht zu schlagen."

Sie lächelte ihn an.

"Dann hol mal bitte ein paar Brötchen zum Frühstück. Der Bäcker ist unten an der Ecke."

Nach einer Dusche zog er sich im Bad an. Als er die Treppen herunterging, fragte er sich, ob Ayse nicht doch eher modern erzogen worden war. Wahrscheinlich hatte sie der Tod ihrer Eltern und die Heirat mit dem Kaderführer der Schwarzen Brigaden so radikal beeinflußt. Er kaufte vier Milchbrötchen und ging anschließend noch an das Kiosk in der Frankenallee, direkt vor Bülents Haus. Die Morgenzeitungen berichteten mit dicken Schlagzeilen vor der Gefahr einer neuen Zypernkrise. Bereits vor einiger Zeit wäre es beinahe wegen der Besetzung einer kleinen Insel durch türkische Truppen zum Krieg zwischen der Türkei und Griechenland gekommen. Gestern gab es einen bewaffneten Zwischenfall an der Grenze, die Zypern in den griechisch-zypriotischen und den türkisch besetzten Teil trennte. Als Stein die Schlagzeilen studierte, meldete sich eine der versoffenen Gestalten zu Wort, die sich schon morgens kaltes Export in den Hals kippten.

"Ei Gude! Gibbste aaner aus?"

Der Typ, Ende Dreißig, mit Dreitagebart und verfilztem Fettkopf trug eine abgelegte Altkleiderjeans und ein buntes Siebzigerjahrehemd. Wahrscheinlich der Witzbold der Schießbudenfiguren, die ihr halbes Leben hier am Kiosk verbrachten. Trotz der frühen Morgenstunden standen schon ein Dutzend geleerte Flachmänner und Bierflaschen vor ihnen. Der Inder hinter dem Tresen lächelte Stein verlegen an.

"Nächstes Mal. Die Stütze langt grad so", erwiderte Stein.

"Dann des nächste maa... Singh, mach uns' noch emaa e Rund Export aaf misch, und geb aach noch emaa vier Zinn fertzisch", wandte sich der Witzbold an den Inder.

Die anderen Freibiergesichter jubelten, als sei die Eintracht Meister geworden und leerten schnell ihre Flaschen. Stein kaufte zwei Zeitungen und ging zurück.

Wie sollte es nun weitergehen? Er hatte den Fuß in der Tür, durfte aber das gewonnene Vertrauen nicht aufs Spiel setzen. Im Treppenhaus dachte er an die letzte Nacht und spürte wieder das Ziehen in der Magengrube.

Bülent lag in seinem Zimmer, Ayse in ihrem und er auf der Schlafcouch im Wohnzimmer. Plötzlich öffnete sich die Wohnzimmertür und sie legte sich zu ihm aufs Sofa. Er spürte sofort ihre Leidenschaft. Als er ihr unter das T-Shirt griff, dachte er in seiner Erregung wieder an Ibiza zurück.

”...Maria strich sich ihre langen Haare aus dem Gesicht und lachte ihn an. Dann rollte sie sich auf den Rücken und das knallenge, rote Bikinioberteil spannte sich über ihrer Brust...”

Nachdem sie sich kurz, aber leidenschaftlich geliebt hatten, lag sie noch wenige Minuten bei ihm und verschwand dann wortlos in ihrem Zimmer.

Aber jetzt ließ sie sich nichts anmerken, obwohl Bülent schon weg war. Er fragte sich warum, doch als er an die Momente der letzten Nacht dachte, schlug er seine aufkeimenden Bedenken in den Wind. Wahrscheinlich wollte sie es nur tun, und nicht darüber sprechen. Das kam ihm entgegen. Vielleicht konnte er so an weitere Informationen kommen. Er beschloß die Momente zu genießen und für sich auszunutzen, aber er spürte, daß er mehr als Sympathie für sie empfand. Trotzdem wehrte er sich gegen den Gedanken, daß er Feuer gefangen hatte. Zwischen Lust und Verstand hin und her gerissen mußte er immer wieder an Maria denken. Die Erinnerungen an die prickelnden Momente auf Ibiza nahmen ihn gefangen, aber meist zogen dann die dunklen Wolken der Trauer auf, die er immer wieder zu verdrängen versuchte.

Am Abend lenkte er den Benz in Richtung Main. Ayse hatte ihm schon beim Frühstück gesagt, daß er am Abend einen wichtigen Mann kennenlernen würde.

Wahrscheinlich einer der Freunde, die ihm Bülent vorstellen wollte. Da Bülent zur Arbeit mußte und nicht mitkommen konnte, fuhr er mit Ayse zu dem Treffen. Sie parkten an der Friedensbrücke und betraten ein arabisches Restaurant. Auf einer kleinen Bühne führte eine verschleierte Schönheit einen Bauchtanz auf. Die orientalische Begleitmusik drang dezent aus versteckt angebrachten Lautsprechern. Sie nahmen in einer Ecke an einem Tisch Platz und bestellten Tee. Ayse sah ihm tief in die Augen. Ihre rauchzarte Stimme riß ihn aus seinen Gedanken.

"Murat ist ein wichtiger Mann in unserer Organisation. Wir haben ihm von dir berichtet. Er möchte dich gerne kennenlernen."

Er bemerkte im Augenwinkel, daß ein Mann an den Tisch herantrat. Ein Türke, etwa Mitte Vierzig, mit dunklen, dichten Haaren und einem gepflegten Oberlippenbart. Murat gab ihm die Hand und setzte sich an den Tisch. Stein erkannte ihn sofort, trotz des fünf Jahre alten Fotos aus dem Dossier. Schon auf dem Bild hatte er Stein an einen charismatischen Kurdenführer erinnert. Murat Erdogan, Kopf der geplanten Operation und einer der Führer der TIP in Deutschland. Das Bindeglied zur Türkei. Führer von rechten Todesschwadronen in den Siebziger Jahren. Der Mann lächelte ihn wie ein Autoverkäufer an, der einen Käfer zum Preis eines Benz loswerden wollte.

"Ich freue mich sie kennenzulernen. Sie sind ein erfahrener Kämpfer?"

"Ich habe schon ein bißchen was erlebt und ich bewundere mit welcher Energie sie ihre Sache verfolgen. Ich denke, wir haben einige Gemeinsamkeiten", erwiderte Stein.

"Die Gedanken des Führers sind auch für uns in vielen Dingen richtungsweisend. Ich habe mich mit

Helmut an vielen langen Abenden gut unterhalten. Ein glänzender Kämpfer und Idealist."

Verdammt, ein Schuß ins Blaue oder ein raffinierter Test? Stein bemühte sich die Fassung zu wahren. Die Telefonnummer Jägers mußte Bülent also von Murat erhalten haben. Damit konnte er annehmen, daß Murat Jäger kannte. Das Jäger Dossier schoß Stein durch den Kopf.

"Er ist einer von uns, der der Sache auch im Kampf gedient hat. Wir alle achten ihn für seinen Einsatz in München. Wir müssen Zeichen setzen, wenn die Zeit reif ist", erwiderte Stein gelassen.

Murat verstand sofort seine Anspielung auf das Attentat beim Münchener Oktoberfest.

"Wir müssen immer Zeichen setzen, das sind wir der Sache schuldig. Wie geht es Helmut?"

Stein spürte, daß sich Schweißperlen in seinem Nacken sammelten, obwohl ihm ein kalter Schauer den Rücken herunterlief.

"Wir haben uns das letzte Mal gesehen, bevor ich nach Wien gefahren bin."

Kurze, prägnante Sätze, bei der bekannten Wahrheit bleiben, nur nichts Nachprüfbares angeben und durch Körperhaltung und direkte Blicke Glaubwürdigkeit unterstreichen. Wie oft hatte er mit seinem Ziehvater Erdmann Grundregeln der glaubhaften Lüge in Rollenspielen geübt und später im Einsatz durchgestanden. Bei diesen Sätzen schweiften seine Gedanken kurz ab. Kambodscha vor acht Jahren. Wie ein Geistesblitz erschien das nasse Erdloch vor ihm, in dem er zwei Wochen vor sich hinvegetierte, nachdem seine Legende anläßlich einer Operation bei den Roten Khmer aufgeflogen war. Nur durch Erdmanns Kontakte nach China kam er damals wieder lebend raus.

"Helmut wählt seine Leute immer gut aus. Lassen sie uns etwas essen."

Murat griff zu einer der drei Speisekarten, die bereits auf dem Tisch lagen. Test wieder bestanden. Stein nahm eine Karte und lehnte sich erleichtert zurück.

Die Mahlzeiten kamen sofort. Das Couscous war hervorragend, das Hammelfleisch ganz zart und bestens gewürzt. Nach dem Essen fragte ihn Murat:

"Wie sehen ihre Pläne für die nächste Woche aus? Ich habe gehört, daß sie vielleicht noch in Frankfurt bleiben."

Stein wischte sich mit der Serviette über den Mund. Ohne Ayse anzusehen, erwiderte er:

"Noch habe ich keinen neuen Auftrag. Helmut hat sich noch nicht gemeldet. Ich würde gerne noch etwas bleiben."

"Ich denke, wir könnten Ihre Hilfe gebrauchen. Natürlich im Namen der Sache."

Murat sah plötzlich auf die Uhr, nahm seine Serviette vom Schoß und stand auf.

"Ich werde Sie verständigen lassen, wenn es soweit ist."

Dann reichte er Stein und Ayse die Hand und verließ das Lokal. Der Kellner verbeugte sich tief, als Murat an ihm vorbeiging. Stein schüttelte eine Camel aus seiner Schachtel und hielt sie Ayse hin. Nachdem sie zugegriffen und er beiden Feuer gegeben hatte, lächelte sie ihn verführerisch an.

"Du bist uns natürlich sehr willkommen. Ich freue mich riesig, daß du bleibst."

Keiner der anderen Gäste im Restaurant bekam mit, daß sie mit einer Hand unter dem Tisch zwischen seine Beine griff. Mit der anderen Hand nahm Ayse langsam einen Zug von ihrer Zigarette. Sie sah ihn dabei so durchdringend an, daß sich Stein wie das berühmte Kaninchen vor der Schlange vorkam. Sie fuhren sofort zurück in die Frankenallee. Als Stein die Wohnungstür ins Schloß drückte, fiel sie ihm um den Hals. Noch im Flur zog sie ihm die Lederjacke herunter, riß beinahe die Knöpfe an seiner Jeanshose ab und kniete sich vor ihn hin. Als er ihren heißen Atem spürte, entfuhr ihm ein unterdrücktes Stöhnen. Doch dann lehnte er sich gegen den Flurschrank zurück, sah auf sie herunter und fuhr ihr mit einer Hand durch die vollen Haare. Sie drehte ihren Kopf zu ihm hoch und sah ihn lächelnd an, wie damals Maria, bevor sie weitermachte. Er wurde von einem wohligen Schauer geschüttelt und tauchte in eine andere Welt ab.

"...Der heiße Sand brannte in seinem Rücken, die Sonne in seinem Gesicht. Maria kniete schräg neben ihm, ihr Kopf bewegte sich zwischen seinen Schenkeln. Das rote Bikinioberteil lag neben ihm und ihre vollen Brüste weich und warm auf seinem Bauch..."

Die Kraftfelder aus der anderen Dimension rotierten wieder wie in einem Gewitter aus Lust und Ekstase. Die Gedanken an Maria ließen ihn alles um sich herum vergessen. Nachdem sie auf dem Boden des Wohnzimmers erschöpft zur Ruhe gekommen waren, sah sie ihn aus traurigen Augen an. Dann schmiegte sie sich an seine Schulter. Plötzlich wußte er nicht mehr, was er sagen sollte. Er strich ihr mit seiner freien Hand durch das dunkle Haar und küßte zärtlich ihren Nacken. Die Wolken der Trauer zogen auf und er fragte sich zum hundertsten Mal, warum es bei ihm immer wieder schiefging. Reiß dich zusammen, du hast einen Auftrag, werd' nicht sentimental. Doch er mußte immer wieder an sie denken.

"...Maria lachte ihn mit blitzenden Augen an. Die kleine Bodega lag direkt am Hafen des kleinen Fischerortes. Dezente Flamencoklänge im Hintergrund, die Wellen schlugen an den Kai, der sternenklare Abendhimmel spannte sich wie ein Zeltdach über der Insel. In ihrem weißen Kleid schien sie den ewigen Kontrast von Keuschheit und Sünde in Person zu verkörpern. Sie führte das Weinglas zu ihren vollen Lippen und zwinkerte ihm zu..."

Er konnte gar nicht zählen, wie oft er schon gelogen hatte, aber jetzt, als sie in seinen Armen lag, fiel es ihm wirklich schwer.

"Ich habe noch nie so eine Frau wie dich kennengelernt", flüsterte er mit belegter Stimme.

Sie mußte ihm glauben, sie war die Schlüsselfigur in diesem Auftrag, das schwache Glied in der Kette. Nur über sie konnte er die wahren Absichten der Gruppe erfahren. Sie mußte einfach ein gutes Gefühl haben, sich sicher fühlen.

"Du bist für mich der erste nach dem Tod meines Mannes", erwiderte sie mit trauriger Stimme.

Dann sah sie ihm tief in die Augen und legte ihre Arme um seinen Hals. Ihre bebenden Lippen formten kaum hörbar ihre nächsten Worte:

"Ich will... dich... nicht... verlieren..."

Er fühlte sich unendlich schäbig. Nie war der Funke noch einmal so richtig übergesprungen wie damals auf Ibiza. Keine der kurzen Affären seit dieser Zeit konnte ihm auch nur annähernd das geben, was er mit Maria erlebt hatte. Und jetzt, ausgerechnet jetzt, wo er wieder in einer anderen Haut steckte, mußte es ihm wieder passieren. Wie auf Ibiza, vor so vielen Jahren. Eine andere Legende, aber wieder die ständig über einem schwebende Aura der Gefahr. Jetzt nahm sie ihn erneut gefangen, diese Aura, in der er mehr denn je bereit war, jede sich bietende Chance zu nutzen. Dieses Mal waren es wieder ähnliche Vorzeichen. Damals planten baskische Terroristen einen Anschlag auf den spanischen König, der die Baleareninsel besuchte. Maria, seine spanische Kollegin, und er sollten als Urlauberpaar die Strukturen der Basken aufklären und den Anschlag verhindern. Die dunklen Wolken zogen auf und er verdrängte die Gedanken an Ibiza. Sie rauchten schweigend und hingen ihren Gedanken nach. Jedes Wort hätte nur den Moment verwässert. Nachdem einige Minuten vergangen waren, schien es, als wenn sie sich plötzlich aufraffte.

"Hast du auch Hunger?"

"Ja, natürlich."

Das war die Chance, einen Kontakt herzustellen. Seine Gedanken rasten. Er sah auf die Uhr.

"Ich rufe Bülent an, er kann uns vielleicht noch etwas zu Essen machen. Ich hole ihn ab."

"Ja, aber ich rufe ihn über mein Handy an", erwiderte Ayse.

Sie stand auf und ging in den Flur, während Stein seine Sachen zusammensuchte.

"Ich nehme einen Döner."

"Ja, ich auch."

Als er im Flur stand, schlang sie ihre Arme noch einmal um ihn. Sie trug nur eine Seidenbluse und er spürte ihre Wärme durch den dünnen Stoff.

"Paß auf dich auf."

Sie küßten sich noch einmal leidenschaftlich, bevor er Bülents Wohnung verließ.

Stein lenkte den Benz auf einen Parkstreifen in der Nähe einer Großbaustelle am Güterplatz. Hier war nachts weit und breit kaum jemand zu sehen. Er mußte an Ayse denken. Was für eine Frau. Was ist mit mir los, verdammt noch mal? Ich muß mich zusammenreißen, dachte er. Er stieg aus und ging ein paar Meter in Richtung Messegelände. Über der Festhalle wehte die deutsche Flagge im lauen Nachtwind. Daneben ragte der bleistiftartige Messeturm mit der beleuchteten Pyramide als Turmspitze in den Himmel der Nacht. Stein betrachtete nachdenklich das rot blinkende Warnlicht in der Pyramidenspitze. Er war drin und würde weitermachen. Dann nahm er sein Handy aus der Tasche und wählte die

Nummer in München. Die Computerstimme meldete sich wieder.

"Sie sind auf Scrambler. Sprechen Sie jetzt."

"Hier Tristan. Ich brauche eine Direktverbindung."

"Warten Sie."

Es dauerte etwa eine halbe Minute, dann hörte er eine elektronisch verzerrte Stimme:

"Tristan?"

"Richtig. Ich hatte heute neuen Kontakt. Murat E. Sie wollen mich eventuell für eine Aktion einbinden. Was Neues?"

"Die Sache soll am Montag laufen. Anschlag auf das Treffen der Verteidigungsminister in Frankfurt. Du mußt dranbleiben. Ich komme nach Frankfurt. Treffen am Sonntag, Zwölf Uhr, Aufzug in der Zeil Galerie."

"Verstanden. Ich bleib dran. Sonst noch etwas?"

"Keine Spur in der Sache Jäger. Aber das ist jetzt nicht so wichtig."

"Okay. Bis Sonntag."

"Bis dann."

Er drückte die rote Taste. Anschlag auf ein Ministertreffen. Jetzt konnte er sich keinen Schnitzer mehr leisten. Er griff bei seinen Einsätzen immer wieder auf unkonventionelle Methoden zurück, aber ohne Rückendeckung ging es diesmal nicht. Es fehlten einfach noch zu viele Mosaiksteine im Puzzle.

IV.

Frankfurt am Main, am nächsten Morgen

Die Sonne lachte über dem blauen Frühlingshimmel. Am Ufer des Jacobi Weiher drehten einige Spaziergänger mit ihren Hunden die Runde. Samstags war hier immer mehr los als unter der Woche. Stein trug einen grauen Jogginganzug und lief mit mäßigem Tempo den Uferweg entlang. Vor einer Stunde hatte er sich von Ayse verabschiedet.

"Ich muß mal wieder ein bißchen laufen, ich komm' sonst außer Form."

Dann fuhr er mit dem Benz in den Stadtwald südlich von Frankfurt und rief während der Fahrt einen alten Freund an. Nach einigen Sicherheitsrunden im Stadtteil Niederrad parkte er neben einem Ausflugsrestaurant am Jacobi Weiher. Keine Schatten in Sicht. Offenbar vertrauten sie ihm. Als er nach der ersten Runde um den See an einer Bank verschnaufte, trat ein modisch gekleideter Spaziergänger an ihn heran. Er trug ein blaues Hemd, eine helle Hose und einen leichten, dunkelblauen Mantel. Der Labrador, den der Spaziergänger mit sich führte, sprang freudig an Stein hoch.

"Na Panther! Ist ja gut!"

Er kraulte den Hund hinter den Ohren und sah noch einmal sich um. Keine anderen Spaziergänger in der Nähe.

"Servus Hotte! Danke, daß du so schnell gekommen bist."

"Ich weiß, daß du mich nicht mit belanglosem Kram belästigst."

Horst "Hotte" Keller, Kriminalhauptkommissar beim BKA, und Stein waren seit Jahren befreundet.

"Ich weiß, wenn du anrufst, dann gibt's auch bald für uns Arbeit."

Hotte lachte und fuhr sich mit einer Hand über seinen rotblonden Bürstenhaarschnitt. Sein glattrasiertes, mit Sommersprossen übersätes, aber doch jungenhaftes Gesicht ließen den Betrachter leicht über seine kriminalistischen Fähigkeiten täuschen. Die Ähnlichkeit mit einem berühmten deutschen Tennisspieler und das freundliche Lachen machten ihn auf Anhieb sympathisch.

"Die Berliner Zeiten sind aber schon ein paar Jahre vorbei", entgegnete Stein und wischte sich den Schweiß von der Stirn.

"Aber es sitzen immer noch genug IM's auf ihren Sesseln."

Direkt nach dem Fall der Mauer gab Stein Erkenntnisse aus seinen verdeckten Operationen in Ostberlin ans BKA weiter. Daraufhin flogen Dutzende von Stasiagenten im alten Bundesgebiet auf, bevor die richtig brisanten Akten nach Moskau geflogen wurden. Seit dieser Zeit der engen Zusammenarbeit pflegten sie eine enge Freundschaft und er besuchte oft Keller, der eine Penthousewohnung im Frankfurter Stadtteil Sachsenhausen besaß. Als Erbe des millionenschweren Immobilienmaklers Karl-Heinz Keller verfügte Hotte über ungeheure Geldsummen und viele fragten sich, warum er noch im Dienst des BKA stand. Stein wußte, Hotte blieb aus Berufung und sein Erfolg gab ihm recht. Bei einigen Bürokraten im Amt war er nicht besonders beliebt, sie beneideten ihn nicht nur wegen seines Reichtums, sondern auch wegen seines beruflichen Erfolges. Ein Jumbo mit Lufthansa Logo am Heck schwebte westwärts über den See.

"Montag ist ein Anschlag auf das Treffen der Verteidigungsminister geplant. Die Details stehen hier auf dem Zettel. Ich hab' auch die Lage eines Waffendepots vermerkt. Ich brauche Rückendeckung, weil ich noch zu wenig weiß. Bei uns im Dienst sind nur Erdmann, der 16 C und der Vize eingeweiht. Das ist ein hochbrisantes Ding und ich will nicht am Ende der Pausenclown sein. Wenn ich mehr weiß, ruf ich dich über dein Handy an, also bleib auf Empfang."

Damit steckte er Keller unauffällig einen Zettel in die Hand. Auf dem Uferweg kam ein Liebespaar in ihre Richtung. Stein klopfte sich die Erde vom Jogginganzug, die Panthers Pfoten hinterlassen hatten.

"Tut mir leid", sagte Keller in normaler Tonlage, denn das Pärchen war gleich in Hörweite.

"Nichts für ungut...", erwiderte Stein, "...Ich bin Hundefreund, das hat er wahrscheinlich gerochen."

Dann lief er weiter. Die Unterhaltung dauerte nicht einmal eine Minute. Für andere Spaziergänger sah es wie eine zufällige Bekanntschaft aus.

Der Intercity Heidelberg-Frankfurt rollte langsam über die Brücke am Westhafen. Ein Frachtschiff mit holländischer Flagge am Heck lag tief im braunen Brackwasser des Mains. Auf einem Steg des Schiffs standen zwei Kinder und winkten. Links lagen die verwaisten Kais des Westhafens. Rachid El Habibi sah gedankenverloren aus einem Fenster des Zugabteils. Er fuhr meistens im Abteil, dort kam er sich nicht so beobachtet vor wie in einem Großraumwagen. Der Zug fuhr in eine langgezogene Rechtskurve. In der Mittagssonne erschienen die Wolkenkratzer der Bankentürme unter dem wolkenlosen Himmel wie blank poliert. Darunter duckten sich die verrußten Hallen des Hauptbahnhofes. Die beiden Teenager, die seit Darmstadt mit im Abteil saßen, drückten sich die Nasen an der Scheibe platt.

"Ey, wow, was für ein Blick", entfuhr es dem gepiercten Sechzehnjährigen mit Stimmbruchstimme und blondgefärbter Kurzhaarfrisur.
Seine etwa gleichaltrige Freundin hob eine Hand.

"Gimme five", brüllten sie und sie klatschten ihre Handflächen zusammen.
Junge Leute, ohne Halt, ohne Glauben, nur auf der Suche nach kurzfristiger Befriedigung ihrer Bedürfnisse, dachte er. Für ihn waren die strahlenden Bankentürme nur ein Symbol der Überheblichkeit und Dekadenz des Westens, der seinem Volk die wahre Unabhängigkeit verwehrte. Als der Intercity in der Halle des Sackbahnhofes zum Stehen kam, stand das Pärchen schon johlend an der Tür des Abteils. Er nahm seine Reisetasche aus der Gepäckablage und stieg ebenfalls aus. Eine Gruppe von Fußballfans zog laut singend an ihm vorbei, als er in Richtung der Südseite des Bahnhofes ging.

"Mamor, Stein und Eisen bricht, aber unsere Eintracht nicht, alles, alles geht vorbei, doch wir bleiben treu!"

Das Dröhnen eines Preßlufthorns ließ ihn zusammenzucken und er blieb mit dem Rücken an einem Fahrplan stehen, bis die Gruppe vorbeigegangen war. Er hatte sich den Weg vor der Abreise eingeprägt, ging die Anweisungen mehrere Male durch und verbrannte dann die Notizen. Die Kontaktadressse lag nicht weit vom Hauptbahnhof. Als er am Südausgang die Halle verließ, schlug ihm eine Mischung aus Abgasen und strengem Uringeruch entgegen. Junge Männer in Trainingsanzügen mit harten Gesichtszügen saßen am Ausgang auf dem Geländer und verhandelten mit alten Päderasten. Dazwischen mischten sich Polen und Jugoslawen, die dicke Taschen in Richtung des nahegelegenen Busbahnhofes schleppten. Bevor er die Rolltreppe zur Unterführung nahm, trat ihm aus einer Gruppe lagernder Penner eine jämmerliche Gestalt entgegen und hielt ihm eine dreckige Hand hin.

"Hamm se mal ne Mark für nen Wohnsitzlosen?"
Der Mann war etwa Fünfzig und seine verfilzten Haare hingen ihm weit in die Stirn. Er verbreitete einen schwülen Schweißgeruch. Rachid griff kurz in seine Hosentasche, zog ein Markstück heraus und gab ihm ein Almosen. Dann nahm er die Treppe hinunter in die B-Ebene, um die Hauptverkehrsstraße vor dem Hauptbahnhof zu unterqueren. Die Rolltreppe auf der anderen Seite war defekt. Davor saß eine Gruppe Rauschgiftsüchtiger. Das Kunstlicht in der unterirdischen Ebene ließ die Szene nur noch gespenstischer erscheinen. Ein bärtiger Junkie in undefinierbarem Alter setzte einer jungen Frau die Spritze in den Unterarm, während drei andere in einer aufgeschnittenen Coladose Heroin kochten.

"Meensch, mach doch mal, ich brauch auch noch waaas", drängelte ein anderer Junkie.

Als er an der Gruppe vorbeiging, stach der Bärtige die Nadel mit einem Ruck in die Vene der jungen Frau, die noch nicht einmal das Gesicht verzog. Er nahm die Treppenstufen und erreichte kurz darauf die Münchener Straße. Es war nicht sein erster Besuch in Frankfurt. Die Facetten dieses Sündenpfuhles zeugten für ihn nur von der Schwäche des Systems der Gottlosen. Man könnte Mitleid mit ihnen haben. In der Münchener Straße reihten sich Gemüsegeschäfte, Dönerläden, Hotels, billige Absteigen und Kneipen aneinander. In der Höhe eines Imbiß vernahm er Fetzen eines Berberdialekts aus einer Gruppe von Nordafrikanern. Sie starrten ihn feindselig an. Einer von ihnen hielt eine Bierflasche in der Hand und schwankte über die Straße. Rachid schüttelte nur den Kopf. Nach einem kurzen Fußmarsch bog er in eine Hofeinfahrt ab und betrat das Hinterhaus. Als er vor der Tür in einem oberen Stockwerk stand, besann er sich auf das vereinbarte Klopfzeichen. In abgesprochenem Rhythmus klopfte er an. Wenige Sekunden später wurde ihm geöffnet. Dann betrat er die Wohnung.

Schon im Treppenhaus konnte Stein den Kaffeeduft riechen. Mit der Brötchentüte und einer Zeitung unter dem Arm klingelte er an der Wohnungstür. Ayse öffnete und fiel ihm um den Hals. Dann roch sie an seinem Sweat Shirt und rief:
        "Geh' erst mal duschen, sonst gibt's kein Frühstück."
        "Wo ist denn Bülent schon wieder?", fragte er.
        "Der ist nach Köln gefahren, er hat da was zu regeln."
Ein Handy im Flur klingelte. Stein erkannte am Klang, daß es das von Ayse sein mußte. Sie meldete sich auf türkisch. Dann unterhielt sie sich eine halbe Minute mit dem anderen Teilnehmer und beendete das Gespräch.

"Was Neues?", fragte er und versuchte nicht allzu neugierig zu wirken.

Sie nahm ihn in den Arm und sah ihm tief in die Augen.

"Laß uns duschen gehen."

Das heiße Wasser perlte in dicken Tropfen von ihrer samtweichen Haut. Ihre zarten Hände schienen mit dem Duschgel auf seiner Brust zu verschmelzen. Die nassen, schwarzen Haare fielen in Wellen auf ihre Schultern. Der Wasserdampf mischte sich mit dem frischen Aroma des Duschgels. Sie sah ihn durchdringend an. Ihre Augen hatten den Glanz einer klaren Winternacht, ihre Lippen formten unausgesprochene Forderungen, als sie seine trafen. Dann klammerte sie sich wie eine Ertrinkende an ihn, während ihnen das heiße Wasser über die nackte Haut lief.

"...Maria wand sich wie eine Schlange unter ihm. Die Kaskaden des Wasserfalls stürzten wie eine Sintflut über ihnen zusammen. Trotz der Kälte des Bergbaches strahlte sie eine unglaubliche Hitze aus, so daß er sich wunderte, warum das klare Wasser nicht auf ihr verdampfte..."

Ayse strich sich ihre nassen Haare hinters Ohr. Stein spürte wieder ein dumpfes Gefühl in der Magengegend. Sie saßen in der Küche und tranken ihren Kaffee, der einen Herzkranken auf die Intensivstation befördert hätte. Das Schlimme an der Sache war, daß sie sich auch ohne große Worte blind verstanden. Wie damals auf Ibiza. Würde er sie nach dem Auftrag wiedersehen? Bestimmt nicht. Was für ein Quatsch. Denk an Deinen Auftrag. Dann nahm sie seine Hand.

"Es ist soweit. Wir brauchen dich jetzt. Du sollst für uns ein Auto mieten. Ich habe hier einen Führerschein und Bargeld."

Sie zog die Schublade des Küchentisches auf und legte einen Briefumschlag auf den Tisch.

"Du mietest heute mittag das Auto und parkst es in der Garage im Hof", sagte sie bestimmt.

"Ich möchte gerne wissen, um was es geht. Vielleicht sollte ich mit Helmut darüber sprechen", erwiderte Stein, der Zeit gewinnen wollte, da sie ihn völlig überraschte.

"Dann ruf ihn doch an. Aber du mußt dich jetzt entscheiden. Die Operation ist so wichtig, daß wir uns nicht viele Mitwisser leisten können. Wenn du also mit ihm sprichst, will ich dabei sein."

Ihr Tonfall ließ keinen Widerspruch zu. Sie sah ihm fest in die Augen und er wußte, daß dies seine Chance war. Er saß jetzt mit im Boot. Das war die Gelegenheit, die Tür aufzustoßen. Die Skrupel, die er vor Sekunden noch spürte, der Anflug des schlechten Gewissens, als sie sich unter der Dusche liebten, all das war auf einmal wie weggewischt. Wieviele Unschuldige hatte sie schon auf dem Gewissen? Und wieviele würde es dieses Mal treffen? Jetzt konzentrierte er sich messerscharf auf seinen Auftrag und die Gedanken kreisten um Jäger. Er konnte es riskieren. Zumindest konnte er so tun, als wolle er Jäger erreichen, um die Loyalität zu seiner eigenen Gruppe zu unterstreichen. Nur nicht von heute auf morgen die Seite wechseln, sonst galt man trotz gemeinsamer Ideen als Verräter. Aber die Telefonnummer. Im Notizbuch von Groß stand sie nicht. Hatte sie vielleicht einmal in seiner Abwesenheit sein Notizbuch durchgeblättert? Auszuschließen war das nicht. Er hatte es bewußt in Kauf genommen, da sowieso nichts Wichtiges drinstand und sie ihm vertrauen sollte. Die Nummer stand zwar in Bülents Notizbuch, aber das konnte er ja offiziell nicht wissen. Wieder ging er die Akten von Jäger und Groß in Gedanken durch. War das vielleicht wieder nur ein Test? Ein kleiner Fehler und die Operation war geplatzt. Konnten sie wissen, daß er nicht die Telefonnummer von Jäger hatte? Er mußte Zeit gewinnen und schenkte ihnen noch eine

Tasse Kaffee ein. Nur nichts Nachprüfbares angeben, aber trotzdem glaubhaft bleiben.

"Helmut hat sich immer bei mir gemeldet. Ich habe seine Nummer nicht, wir haben uns immer nur in einer Kneipe am Rathausplatz getroffen."

Ayse lächelte ihn wieder verführerisch an.

"Ich glaube Bülent hat sie, ich seh mal nach."

Sie stand auf und ging in den Flur, wo Stein das Notizbuch am Telefon gefunden hatte. War das wieder ein Test? Nein, seine Legende konnte nicht aufgeflogen sein. Er spannte kurz seine Wade an. Das Holster saß noch fest. Was, wenn sie gleich mit einer Sig in der Tür stand? Er mußte das Risiko eingehen.

"Ich hab's."

Sie kam mit Bülents Notizbuch zurück.

"Wenn du dich besser dabei fühlst, dann ruf ihn an."

Sie reichte ihm ihr Handy und Bülents Notizbuch. Er tippte die Ziffern ein. Der Ruf ging hin. Er lächelte sie an. Sollte sie ruhig denken, sie hätte alles unter Kontrolle. Wer sollte schon ans Telefon gehen? Jäger wohnte allein. Wie erwartet meldete sich niemand. Stein legte das Handy zur Seite und sah sie entschlossen an. Jetzt konnte er nicht mehr zurück. Die Tür stand offen, er mußte jetzt alles auf eine Karte setzen.

"Ich werde es machen. Wo muß ich hin?"

Rachid El Habibi betrat die Moschee in einem Hinterhaus. Nachdem er die Schuhe abgelegt hatte, gelangte er über einen schmalen Gang in einen großen Raum und kniete sich zum Gebet gen Mekka. Nach dem Gebet verließ er die Moschee zusammen mit anderen Gläubigen und ging dann langsam durch die Münchener Straße. Seine Gedanken kreisten wieder um die Sache. Man hatte ihn nicht umsonst auserwählt. Er war zu allem bereit, wenn nötig würde er den Märtyrertod einer Gefangennahme im

106

Dschihad vorziehen. Die Bilder aus Beirut kamen ihm wieder in den Sinn. Seine Brüder und sein Cousin, in ihrem Blut liegend, von den christlichen Milizen abgeschlachtet. Ihm blieben nur ein paar Familienfotos als einzige greifbare Erinnerung. Er trug sie immer bei sich. Doch der Tag der Vergeltung nahte. Er blieb vor einem Elektroladen stehen. Im Schaufenster standen Musikanlagen und CD's türkischer und nordafrikanischer Gruppen. Im Eingang saß ein junges Mädchen. Eine der Drogenabhängigen, die man hier überall sah. Sie zog wie eine Ertrinkende an einem Pfeifchen, das nach drei Sekunden wieder ausging. Dann stieß sie langsam den Rauch aus. Ihre Augen nahmen einen glasigen Blick an. Rachid schüttelte nur den Kopf und betrachtete weiter die Auslage des Geschäftes.

Ertogrul Yavuz stellte seine Teetasse auf den Tresen und ging zu seiner Ladentür. Bevor er sie erreichte, stand das Mädchen von alleine auf und ging weiter. Er öffnete die Tür und stellte sich in den Eingang. Eine Straßenbahn hielt wenige Meter weiter an der Haltestelle und wieder stieg eine Gruppe der Gestalten aus, die sich Tag und Nacht in den Geschäftseingängen herumtrieben. Seit zwanzig Jahren gehörte ihm der kleine Laden in der Münchener Straße und noch nie gingen die Geschäfte so schlecht wie jetzt. Die Polizei kam zwar jeden Tag und schickte die Drogenabhängigen weg, aber bald waren sie wieder da und lagerten auf den Gehwegen, so daß die Laufkundschaft einen großen Bogen um die Läden machte. Einige der Geschäftsinhaber ließen Metallspitzen auf ihren Schaufenstervorsprüngen anbringen, nur damit sie sich nicht dort setzten und die Kundschaft vergraulten. Andere Geschäftsleute spritzten regelmäßig mit Gartenschläuchen den Gehweg vor den Läden ab, damit sich dort niemand niederließ. Aber was half das alles. Selbst wenn die Polizei sie für einen Tag einsperrte, waren sie am nächsten Tag wieder da und gingen ihren Drogengeschäften nach. Vor dem Schaufenster stand ein junger Mann und betrachtete aufmerksam die Auslagen. Yavuz erinnerte sich, daß er ihn schon vorhin in der Münchener Straße sah. Er schätzte ihn auf etwa Mitte Zwanzig. Mit seiner guten Bekleidung gehörte er bestimmt nicht zu den Dealern, die hier ihr Unwesen trieben. Als er ihn anlächelte, nahm das unschuldige, aber dennoch ernste Gesicht des jungen Mannes freundliche Züge an. Jetzt wußte Ertogrul Yavuz, warum ihm der junge Mann schon vorhin aufgefallen war. Wegen dem Widerspruch zwischen jugendlicher Unschuld und bitterem Ernst in den Gesichtszügen.

"Kommen sie nur herein, wir haben immer Sonderangebote!", sprach Yavuz den jungen Mann freundlich auf deutsch an.

"Gerne."

Sein deutsch war fast ohne Akzent. Dann betrat Rachid El Habibi vor Ertogrul Yavuz den Laden und ging in Gedanken seine Vorbereitungen durch.

"Was haben sie denn für Reisewecker?"

"Jede Menge Auswahl... einen Moment bitte."

Yavuz war um jeden Kunden froh und holte eine Auswahl an Reiseweckern unter dem Tresen hervor.

"Ich möchte gerne einen batteriebetriebenen", warf Rachid ein.

Daraufhin stellte Yavuz die DDR Modelle zum Aufziehen, die er seit der Wende im Sortiment hatte, beiseite und packte ein japanisches Modell aus. Rachid sah sich das Gerät genau an und nahm die hintere Abdeckung herunter. Er schien befriedigt zu sein und nickte mit dem Kopf.

"Ich nehme zwei davon und bitte ausreichend Batterien dazu."

Ertogrul Yavuz stutzte zunächst, nickte aber dann ebenfalls.

"Sehr gern mein Herr, darf es noch etwas sein?"

"Ich möchte mich noch etwas umsehen", erwiderte Rachid.

"Ich packe die Wecker so lange ein."

Yavuz nahm zwei der japanischen Wecker aus den Kartons, setzte bei jedem eine Batterie ein und überzeugte sich von der Funktionsfähigkeit der Geräte. Er wunderte sich, wofür der junge Mann denn zwei Wecker brauchte, entschloß sich dann aber für einen verkaufsfördernden Small Talk.

"Gefällt es ihnen in Frankfurt?", versuchte er ein Gespräch anzufangen.

"Ich bin zum Studium hier. Aus religiösen Gründen", antwortete Rachid vorsichtig.

"Mein Sohn studiert auch...", spann Yavuz den Faden weiter: "...beim türkischen Kulturverein, ein Abendstudium."

Er war stolz auf seinen Sohn. Stolz darauf, daß er ihn in all den Jahren von den schlechten Einflüssen hatte fernhalten können, und daß Bünyamin von selbst auf die Idee gekommen war, das Abendstudium im Kulturverein aufzunehmen. Da wurde der junge Mann aufmerksam.

"Der Prophet weist uns den richtigen Weg. Aber wir müssen auch entbehren können."

"Ja, das ist richtig", erwiderte Yavuz.

Rachid nahm eine der libanesischen CD's, die auf einem Stapel in einer Ecke lagen und studierte den Titel. Doch dann legte er sie wieder hin. Die liegen hier weiter als Ladenhüter rum, dachte Yavuz, das letzte mal hatte sich jemand vor einem halben Jahr dafür interessiert. Vielleicht sollte er sie endlich mal aus dem Sortiment nehmen.

"Haben sie auch noch Klingeldraht und Lüsterklemmen? Ich helfe meinem Onkel beim Renovieren", warf Rachid ein.

"Selbstverständlich. Ich bin sofort wieder da", entgegnete Yavuz und ging eilig in den Lagerraum, um die entsprechende Kiste zu holen.

Er war froh, sich mit einem jungen Moslem unterhalten zu können und nebenbei noch etwas zu verdienen. Nachdem der junge Mann bezahlt hatte, packte Ertogrul Yavuz die Sachen in eine Tüte und brachte ihn zur Tür.

"Beehren Sie mich bald wieder!"

"Sehr gerne."

Der junge Mann deutete eine leichte Verbeugung an und ging in Richtung Hauptbahnhof weiter.

Der kleine Klitschenbetrieb lag an der Emser Brücke, in der Nähe der Messe. Die blasse, verdreckte Leuchtreklame trug den blauen Schriftzug "Frankfurt Car" auf weißem Grund. Auf dem Hof standen einige ältere Opel Vectras und VW Busse. Nicht gerade Avis, dachte Stein. Er trug eine blaue Strickjacke, ein Palästinensertuch und Jeans. Ayse hatte ihm die Sachen zurecht gelegt. In einer abgegriffenen Ledergeldbörse befanden sich fünf Hunderter und ein Führerschein, ausgestellt auf Mathias Sauerwein. Außerdem trug Stein eine blonde Perücke und eine Nickelbrille. Damit sah er der Person auf dem Bild im Führerschein ziemlich ähnlich. Aber bei dem Klitschenbetrieb würde bestimmt keiner richtig hingucken. Er betrat den Hof und ging auf das Büro zu. Ein fetter Kerl im blauen Overall stand an einem Vectra mit offener Motorhaube und beschäftigte sich mit den Innereien der augenscheinlich arg lädierten Kiste. Nachdem Stein auf das Büro zuging, erhob er sich und stieß sich beinahe seinen Quadratschädel an der Motorhaube.

"Moscheeh...", krähte er mit seinem Frankfurter Schlappmaul über den Hof. "...was solls denn sei?..."

Stein brauchte einen Moment, bis er begriff, daß ihn der Dicke gegrüßt hatte, und daß für den offenbar noch Morgen war, obwohl der heute bestimmt schon Mittag gegessen hatte.

"Ich möchte gerne einen Opel für drei Tage mieten."

"Ei freilisch. Komme Se mit inns Bürro. Studendeausfluch ins Grüne, was?"
Der Fettwanst brach in Lachen aus und die kleine Kugel unter seinem blauen Overall begann zu hüpfen.

"So was ähnliches", brummte Stein.
Die Fünfhundert Mark langten dem Dicken als Sicherheit.

"Mache se mer kaan Unsinn mit der Kist, ich komm ausm Schraube gar nemmer raus. Unterschreibe se mer noch hier, daß alles sei Richdichkeit hatt."
Auf der Stirn des Dicken bildete sich eine Kette Schweißperlen und er schnaufte wie nach einem Hundertmeterlauf. Wahrscheinlich wie jedesmal, wenn er mehr als zwei Sätze hintereinander sprach. Stein achtete beim Unterschreiben darauf, daß er das Formular nicht in die Finger nahm, um keine Spuren zu hinterlassen. Nachdem er von dem Dicken den Schlüssel bekommen hatte, überprüfte er das Fahrzeug und fuhr dann vom Hof. Anschließend nahm er die Autobahn und trat den Opel mit Vollgas auf der linken Spur. Der Vectra zog mit seiner Einspritzmaschine trotz seinem verkommenen Äußeren noch ganz ordentlich. Er angelte sein Handy aus der Strickjacke und wählte Kellers Nummer. Der meldete sich sofort. Dann brachte er Hotte kurz auf den letzten Stand der Dinge.

"Ruf mich morgen früh gegen halb Zwölf an. Ich brauche Hintergrundinfo über diesen Sauerwein. Ich tippe mal auf PSK Sympathisant. Das paßt zu unseren Erkenntnissen über das Scheinmanöver und den Versuch, die Sache den Kurden in die Schuhe zu schieben."

"Ich klär das ab und meld mich morgen bei dir. Hals und Beinbruch."

"Moment noch mal. Hotte, ich seh zu, daß ich noch eine Wanze zum Abhören organisiere. Ich weiß nicht, ob ich die Karre unter Kontrolle halten kann."

"Wo parkst du den Opel heute Nacht?", fragte Hotte.

Seine Stimme ließ Unbehagen erkennen.

"In der Garage in der Frankenallee", erwiderte Stein.

"Ich seh zu, daß wir heute Nacht noch ein Team bekommen, vielleicht können wir einen GPS Sender dranhängen."

Das BKA setzte diese Überwachungstechnik in den letzten Jahren schon mehrfach ein. Damit konnte man ein Fahrzeug über Satellit bis auf eine Abweichung von wenigen Metern anpeilen und orten. GPS fand seit Jahren in allen Bereichen der Navigation, insbesondere in der Fliegerei und bei Seglern Verwendung. Auch die Iraker setzten im Golfkrieg auf GPS, bis die Amerikaner die Satelliten abschalteten und die Technik ausfiel. Leider verließen sich damals einige Hobbysegler in der Karibik auch auf GPS. Ihr Pech, daß sie nicht mit Sextanten umgehen konnten. Stein überlegte kurz.

"Wie schnell kannst du einen GPS Sender organisieren?"

"Drei bis vier Stunden", dachte Hotte laut nach.

"Wir lassen das erst Mal, ich werde die Karre zunächst nur einfach akustisch verwanzen. Ich hab' noch Quellen am Bahnhof. In der Frankenallee können wir deine Leute schlecht an den Vectra lassen. Die Nachbarschaft riecht die Bullen hundert Meilen gegen den Wind."

"Gut, sag mir morgen Bescheid, ich halte für Mittag ein Team bereit, vielleicht klappt's aber doch noch früher."

Dann gab Stein ihm die Personalien und Führerscheindaten Sauerweins durch und beendete das Gespräch. Bei Friedberg fuhr er von der Autobahn und hielt in einem Waldstück abseits der Bundesstraße, um seine Maskerade loszuwerden. Er setzte die Perücke und Nickelbrille ab und zog das Palästinensertuch aus. Dann legte er die Sachen in den Kofferraum. Auf seine

Lederjacke hatte er wegen der Staffage verzichtet. Bevor er weiterfuhr, rief er im "Seventh Heaven" an. Peggy nahm ab.

"Gib' mir mal Schorsch."

Sie erkannte ihn offenbar an der Stimme.

"Augenblick, er ist hinten."

Nach einer kleinen Ewigkeit meldete sich Schwindtmann.

"Was gibt's so dringend?"

"Ich muß dich sprechen. In der nächsten Stunde."

Der Exboxer witterte offenbar wieder ein Geschäft.

"Wir treffen uns im "Paris". In einer halben Stunde."

Schwindtmann war zu lange im Milieu, um am Telefon nach dem Grund des Anrufes zu fragen. Geschäfte erledigte man immer persönlich.

"Bis gleich", sagte Stein ohne zu zögern.

Dann fuhr er wieder auf der A 5 in Richtung Frankfurt und nahm die Ausfahrt am Westhafen. In der Kaiserstraße parkte er vor der Kaufhalle, einem populären Billigwarenkaufhaus, vor dem sich Menschentrauben drängten. Die wenigen Meter zur Moselstraße lief er zu Fuß. In Höhe der Kaiserpassage, einem Durchbruch zur Taunusstraße, blieb er an einem Kleiderständer vor einem Geschäft stehen. Er sah sich nach potentiellen Verfolgern um, konnte aber keine Auffälligkeiten entdecken. In einem Biergarten lümmelte sich eine Gruppe von Albanern. Sie musterten die Passanten mit stoischer Miene und der überheblichen, aggressiven Körperhaltung von Feudalherren längst vergangener Zeit. Ihre militärisch kurzen Haarschnitte und die Einheitslederjacken ließen sie dabei nicht sympathischer erscheinen. Vor ihnen standen Kaffeetassen, die sie wahrscheinlich nie bezahlen würden. Auf den Tischen lagen mehrere Handys. Die übliche Masche. Die Albaner machten sich in Cafes breit, saßen den ganzen Tag vor einem Getränk und benahmen sich wie die Größten. Niemand traute sich die Widerlinge

113

rauszuschmeißen oder nicht zu bedienen. Nach ein paar Wochen unterbreitete dann ein älterer Albaner dem Geschäftsführer ein Angebot, die jungen Männer ohne Manieren zur Räson zu bringen. Natürlich gegen regelmäßiges, entsprechendes Entgelt. Wenn der Geschäftsführer zahlte, war er sie los. Wenn nicht, handelte er sich Ärger ein, und wenn er die Schutzgelderpressung der Polizei meldete, bekam er ernste Schwierigkeiten. Kaum ein Gastronom war bereit auszusagen. Das halbe Jahr im Frankfurter Milieu ließ Stein hinter die Kulissen blicken und man konnte nur erahnen, wie sich diese Gruppen vom Balkan etabliert hatten, um sich ein Stück vom Kuchen abzuschneiden. Sie hatten nichts zu verlieren. Selbst bei einer Verurteilung konnten sie sich im Fitneßstudio des größten hessischen Knastes mit Bodybuilding aufpumpen und der Entlassung freudig entgegenblicken, da eine Abschiebung in die Krisengebiete des Balkans aus humanitären Gründen nicht in Frage kam. Und wenn alle Stricke rissen, fand sich immer eine deutsche Drogenabhängige, die für ein paar Tausend Mark eine Scheinehe einging, so daß der Aufenthalt auf Kosten des Steuerzahlers gesichert war. Als eine junge Frau in einem kurzen Kleid vorbeiging, pfiffen die Albaner wie auf Kommando. Sie ging sofort schneller und wandte ihren Blick ab. Doch die Albaner lachten nur hämisch und machten obszöne Gesten. Stein ging weiter. Das "Paris" lag in der Moselstraße, schräg gegenüber vom "Seventh Heaven". Die Stripteasebar war von Mittags bis in die frühen Morgenstunden geöffnet. In den Schaukästen hingen Fotos nackter Tänzerinnen. Am Eingang saß ein Kassierer in einer Box, der auch die CD's auflegte, zu denen sich die Girls auszogen. Stein warf einen Zehner auf den Tresen und der Kassierer drückte den Türöffner. Als er die Bar betrat, spürte er den kühlen Luftzug der Klimaanlage. Pianoklänge unterlegten Mariah Carey, die seidenweich einen ihrer Tophits hauchte. Auf der Bühne links vom Eingang streckte sich eine langbeinige Mulattin an einer der Metallstangen, die bis unter die Decke reichten. Ihr Bild wurde in der roten Schummerbeleuchtung von einem halben Dutzend Spiegeln an der Wand reflektiert. Der seidenweiße Tangastring, den sie noch trug, hätte in eine Streichholzschachtel gepaßt. Am anderen Ende des Raumes befand sich eine leere Theke. Zwischen der Theke und der Bühne standen einige Tische mit roten Lampen. Rechts gingen Treppenstufen zu den verdunkelten Separeés hoch. Nachmittags verirrte sich kaum jemand hierher. Zwei Yuppies saßen mit drei leicht bekleideten Girls an einem Tisch vor der Bühne. Vor ihnen stand eine Flasche Schampus. Wahrscheinlich Broker, die einen Geschäftsabschluß feierten. Schorsch Schwindtmann saß abseits an einem Tisch außer Hörweite der Banker. Stein setzte sich zu ihm und bestellte bei einer üppigen Blondine in schwarzem Body eine Tasse Kaffee. Mariahs Ballade bot eine angenehme Geräuschkulisse, so daß er seine Stimme nicht besonders senken mußte.

"Servus Schorsch."

Sie gaben sich die Hand.

"Na Udo, was solls denn heute sein?"

Er sah sich kurz um.

"Ich brauche ne leistungsstarke Wanze und einen Empfänger mit Kassettenrekorder."

"Das is alles? Nix Schweres?"

"Ne, laß mal gut sein. Wie lange brauchst du ungefähr?"

Die Blondine kam mit dem Kaffee und einer Flasche Pils für Schwindtmann. Sie lächelte Stein an, aber das Lächeln fror ein, als sie der Exboxer durchdringend anstarrte. Dann stellte sie schnell den Kaffee und das Pils auf den Tisch und verschwand. Die Mulattin schwenkte gerade mit einer Hand triumphierend ihren Minitanga und kniete sich am Bühnenrand vor dem Bankertisch herab. Einem der Yuppies lockerte sie dann mit der anderen Hand den Schlips. Den Jungs fielen angesichts des prallen Vorbaus die Augen aus den Höhlen. Ein anderes Girl nutzte die Gelegenheit, um die beiden Glücksfälle noch zu einer Flasche Schampus zum Sonderpreis zu überreden.

"Du kannst den Kram in einer Stunde bei mir abholen. Zweihundert. Ich will ja nicht neugierig sein..."

"Schorsch, das ist ne Auftragssache. Du weißt ich kann dir nicht viel erzählen, aber es geht um eine Alte, die fremd vögelt. Das paßt ihrem Macker nicht. Ich muß ein Hotelzimmer spicken und ihrem Lutscher einen Denkzettel verpassen. Alles keine große Sache, aber ihr Alter hat Schiß, weil sie sich mit einem Jugo eingelassen hat. Da er im Geld schwimmt, aber auch keine Lust hat, Entwicklungshilfe zu betreiben, muß ich die Sache richten."

Stein hatte sich vor dem Treffen eine Story zurechtgelegt, falls Schwindtmann wegen der Wanze fragen sollte. Der schien zufrieden zu sein.

"Okay, also wie gesagt, in einer Stunde bei mir."

Er schlug Stein mit einer Klodeckelpranke auf die Schulter und stand auf.

"Bis dann..."

Nachdem Schwindtmann die Bar verlassen hatte, wartete Stein noch einige Minuten. Er trank seinen Kaffee und sah der Blondine zu, die die Mulattin abgelöst hatte und sich zu einem Filmhit Whitney Houstons aus ihrem Body schälte. Als er die Bar verließ, mußte er an den Streifen mit Kevin Costner als Whitney's Leibwächter denken. Auf der Straße schlug ihm die abgasgeschwängerte Großstadtluft entgegen. Er lief in Richtung Taunusstraße. An einem Imbiß standen drei unauffällige junge Männer und unterhielten sich halblaut in spanisch. Vermutlich Kolumbianer, die sich ihren verlängerten "Deutschlandurlaub" durch Wohnungseinbrüche und Trickdiebstähle finanzierten. In der Kneipe gegenüber

116

saßen ein paar Rocker und stritten lautstark, bis sie der Mann hinterm Tresen zur Ordnung rief. Eine langbeinige Blondine ging mit ihrem Pitbull über die Straße. Stein mußte wieder an Maria denken und dann an Ayse. Zeit sie anzurufen. Er kramte das Handy aus der Brusttasche seines Hemdes. Sie nahm nach dem dritten Klingeln ab.

"Hallo?"

"Ich bin's. Es ist alles klar gegangen. Ich mache nur noch eine Probefahrt", sagte Stein.

"Wann bist du denn wieder hier?"

Sie klang ein wenig besorgt.

"Ich check ihn noch mal an einer Tankstelle richtig durch, dann komm' ich sofort."

"Vergiß nicht vollzutanken."

Ihr glockenhelles Lachen erleichterte Stein.

"Nein bestimmt nicht, bis nachher."

"Bis gleich, ich freu' mich auf dich."

"Ich auch", erwiderte Stein mit trockenem Mund.

Er steckte das Handy ein und ging die Taunusstraße in Richtung Elbestraße. In Höhe der Kaiserpassage ließ er seinen Blick über die Straße schweifen. Das Gesicht eines Mannes auf der anderen Straßenseite ließ ihn zögern. Er sah noch einmal genau hin und dann traf ihn die Erkenntnis wie ein Schlag. Edgar Brunner. Das konnte nicht sein. Er sah noch einmal hin. Der Mann auf der anderen Straßenseite ging in Richtung Hauptbahnhof. Die Gesichtszüge, die markante Adlernase, kein Zweifel. Stein wandte sich ab und betrachtete die Aushänge eines Wettbüros. Seine Gedanken rasten. Wenn Brunner ihn erkennen würde. Quatsch, dachte er sich, sein eigenes Erscheinungsbild war wesentlich verändert. Edgar blickte auch nicht zu ihm herüber. Stein bemerkte mit einem kurzen Schulterblick, daß Brunner ohne sich umzusehen weiter Richtung Bahnhof ging. Er überlegte kurz und gab dann seinem Instinkt nach, ihn zu verfolgen. Vor über zehn Jahren hatte er ihn das letzte Mal gesehen. Er dachte an die gemeinsamen Zeiten beim BND. In den Achtzigern galten sie als Spezialisten für brisante Fälle. Das Dreamteam für unmögliche Aufträge. Sie gingen damals durch Dick und Dünn. Brunner mußte jetzt Mitte Vierzig sein. Sein Gesicht war aber unverkennbar. Die schlanke Gestalt, strenge Gesichtszüge, schmale Lippen, die Adlernase und die zusammengewachsenen Augenbrauen betonten sein asketisches Erscheinungsbild. Nur die dunklen Haare schien er etwas aufgehellt zu haben. Was um Himmels Willen machte der denn jetzt hier? Brunner, der ehemalige Vollstrecker. Noch vor der Wende kam es zum Zerwürfnis zwischen den beiden. Edgar Brunner verschwand damals, im Sommer 1989, wenige Monate vor dem Fall der Mauer. Und das zur Zeit der heißen Phase, gerade als sich abzeichnete, daß die DDR Führung unter Gorbatschows Einfluß einlenken mußte. Man konnte nie beweisen, daß Brunner ein Doppelagent der Stasi war. Er blieb wie vom Erdboden verschluckt. Auch eine Auswertung der Stasiakten ergab keine Hinweise auf eine Doppelagententätigkeit Brunners. Und jetzt, mehr als zehn Jahre später, lief er in Frankfurt seelenruhig über die Taunusstraße. Stein blieb in sicherer Entfernung dran. Am S-Bahn Abgang Hauptbahnhof betrat Brunner ein Bürogebäude. Kurz darauf blieb Stein vor den Türschildern stehen. Eine Fluggesellschaft, einige Firmen und eine Rechtsanwaltskanzlei. Winter, Kemmler und Goldmann. Nein, das darf nicht wahr sein. Stein drehte sich um und wechselte die Straßenseite. Die Stammkanzlei der Rotlichtgröße Spiegelberg. Stein war sicher, daß Brunner jetzt in diesem Anwaltsbüro saß. Er zählte Eins und Eins zusammen. Seine Ermittlungen im Umfeld Spiegelbergs, damals, in den Achtzigern, der Verdacht der Umgehung des NATO Embargos, der sich nicht bestätigte. Brunner wußte damals davon. Die Ermittlungen, die nach einem halben Jahr im Sand verliefen. Dann das Verschwinden Brunners vor der

Wende, der Verdacht der Stasi Zugehörigkeit. Das Schwein. Er angelte sein Handy aus der Tasche, steckte es aber wieder weg. Morgen, beim Treffen in der Zeil Galerie würde er Erdmann unterrichten. Brunner konnte er nicht lange observieren. Die Wahrscheinlichkeit, daß er ihn doch wiedererkannte, war einfach zu groß. Stein wandte sich ab und ging zurück in Richtung Kaiserpassage. Er mußte sich auf seinen Auftrag konzentrieren. Nur nicht verzetteln. Hinter einem Schuhgeschäft bog er in die Passage ab. Auf der Kaiserstraße setzte er sich vor einen Eissalon, bestellte einen Espresso und steckte sich eine Zigarette an. Am Nachbartisch saßen zwei Sekretärinnen, die sich über ihre Chefs unterhielten und die Frühlingssonne genossen. Die Fassaden der Altbauten entlang der Kaiserstraße stammten teilweise noch aus dem letzten Jahrhundert. Damals wurde die Kaiserstraße als Achse zwischen der historischen Altstadt und dem neu errichteten Hauptbahnhof gebaut. Wieder fiel Stein der Kontrast der Geschichte und der Moderne Frankfurts ein. Er versuchte sich zu Entspannen und nachzudenken. Der italienische Kellner kam mit dem Espresso. Als er das Tablett abstellte, sah er die zwei jungen Frauen am Nachbartisch an.

"Ich möchte gleich zahlen", murmelte Stein geistesabwesend.

"Zwei Marke fuffzisch, biddeschään." sagte der Casanova und blinzelte den beiden Sekretärinnen zu, ohne ihn anzusehen.

Stein war das egal. Die beiden jungen Frauen giggelten. Er gab ihm das passende Kleingeld und nahm einen tiefen Zug von der Zigarette. Schon vor Brunners Abgang fielen ihm einige Ungereimtheiten auf. Als ein von politischen Affären geschüttelter Ministerpräsident Mitte der Achtziger Jahre in einem Hotelzimmer in Mailand tot aufgefunden wurde, hieß es offiziell, er habe Selbstmord verübt. Entdeckt wurde er kurz nach seinem Tod von

Reportern eines renommierten deutschen Magazins. Daher stellte man die Selbstmordtheorie gar nicht in Frage. Stein wußte, daß Brunner an jenem Wochenende in Mailand einen brisanten Auftrag erledigte. Im Nachhinein sponn man Theorien über Mafiaverbindungen, Stasiseilschaften und Waffengeschäfte mit Arabern, nachdem Zweifel an der Todesursache des Politikers aufkamen. Als er Brunner darauf ansprach, sagte der damals:

"Du weißt, wir sind kein Kindergarten. Der Auftrag war streng geheim, aber du kannst es ja wissen. Wir wollten ihn damals wegen seinen Geschäften abhören, aber bevor ich zum Zug kam, war er schon hinüber."

Stein glaubte ihm kein Wort. Brunner galt von den beiden immer als der Vollstrecker, der Eiskalte. Er hingegen als der Stratege, der spontan aussichtslose Aufträge umbiegen konnte. Seit dieser Zeit war ihr Verhältnis gestört.

"Könnten sie mir bitte Feuer geben?"

Eine der beiden Sekretärinnen riß Stein aus seinen Gedanken. Sie lächelte ihn freundlich an und er ließ sein Feuerzeug aufschnappen. Als sie sich wieder setzte, trank er seinen Espresso aus und stand auf. Zum "Seventh Heaven" ging er nur eine Minute zu Fuß. Nachdem ihm Schwindtmann sein Päckchen gegeben hatte, fuhr er zum Güterplatz und baute die Wanze im Armaturenbrett des Vectra ein. In der Frankenallee holte er den Benz aus der Garage, legte den Empfänger und Kassettenrekorder unter die Rückbank und ließ den Wagen im Hinterhof stehen. Dann parkte er den Vectra in der Garage. Ayse erwartete ihn an der Wohnungstür und umarmte ihn.

"Wie ist es gelaufen? Gab es Probleme?"

"Nein, es ist alles glatt gegangen. Die komischen Klamotten liegen im Kofferraum. Die Perücke hat schwer gekratzt. Warum eigentlich die Maskerade?", fragte er beiläufig.

Ihre Miene wurde ernst und sie löste die Umarmung.

"Du weißt, wir brauchen dich jetzt, Bülent ist doch über das Wochenende nach Köln gefahren", wich sie aus und fixierte ihn erneut mit ihrem unwiderstehlichen Blick.

Er beschloß nicht weiter zu fragen, sah ihr tief in die Augen und konnte doch nichts darin lesen. Sie verbrachten den Abend bei Kerzenschein auf dem Sofa. Stein fragte nur noch einmal kurz, wofür sie das Auto brauchten, doch sie wich nur aus.

"Mach' dir doch darüber nicht so viel Gedanken."

Er ließ die Fragerei, um nicht ihr Mißtrauen zu erwecken. Sie schlang wieder ihre Arme um seinen Hals. Wie hätte ein Manfred Groß reagiert? Stein beschloß die Situation zu genießen und das Beste daraus zu machen. Mit der Leidenschaft einer Amazone zog sie ihm plötzlich das Sweat Shirt und seine Jeans herunter. Er legte sie auf den Rücken, hob ihre Beine an und half ihr aus der Jogginghose. Als er über ihr war, spürte er ihren heißen Atem in seinem Ohr. Sie wand sich unter ihm, ihr Stöhnen in seinem Ohr ließ sein Herz rasen. Ihr Atem ging immer schneller und setzte dann plötzlich aus. Ihre Fingernägel krallten sich in seinen Rücken und sie biß ihm schließlich unter einem erlösten Stöhnen ins Ohrläppchen.

Frankfurt am Main, Sonntagmorgen

Das sonnige Frühlingswetter lockte die Spaziergänger in Scharen an das Mainufer. Stein lief im Trainingsanzug seine morgendliche Runde an der Uferpromenade. Am Holbeinsteg fütterten Kinder eine Entenfamilie mit Brotkrumen und ein Liebespaar saß auf einer Bank. Er versuchte, seine Gedanken fließen zu lassen und dann zu sortieren. Die Legende des Manfred Groß konnte er bisher halten. Alte Kontakte hatte er aktiviert. Eigentlich sah es gar nicht so schlecht aus. Wenn sie ihn in der Sache nicht einspannten, konnte er wenigstens den Vectra abhören. Mit hoher Wahrscheinlichkeit wollen sie den Opel zum

Anschlag nutzen. Warum sonst das Theater mit der Scheinanmietung durch diesen Sauerwein? Jetzt fehlte nur noch ein GPS Sender im Vectra, so daß der nicht mehr außer Kontrolle geraten konnte. Er mußte wieder an Brunner denken. Konnte das ein Zufall sein? Klar, warum nicht. In Frankfurt am Main liefen nicht nur die Fäden der Organisierten Kriminalität, sondern auch die Interessenfelder der Nachrichtendienste zusammen. Was, wenn Brunner als ehemaliger Stasiagent nach der Wende bei Spiegelberg angeheuert hatte? Nicht auszuschließen. Vielleicht erledigte er jetzt die groben Arbeiten für den Rotlichtkönig. Mit einem Zirpen meldete sich das Handy in Steins Bauchtasche. Das mußte Keller sein. Er blieb kurz zum Verschnaufen stehen und nahm das Mobiltelefon aus der Bauchtasche.

"Ja?"

"Hallo, ich bin's."

"Servus Hotte, was gibt's Neues?"

"Alles soweit okay. Heute Nacht war ein Team in der Frankenallee und hat den Opel in der Garage mit einem GPS Sender gespickt. Keine Sorge, meine besten Leute haben keine Spuren hinterlassen."

"Was ist mit meiner Überprüfung?"

"Mathias Sauerwein, geboren 12.04.66 in Gießen, zur Zeit ohne festen Wohnsitz, einige politische Fälle, Landfriedensbruch, wird dem Unterstützerkreis des Roten Kommandos zugerechnet, der Führerschein ist Sachfahndung negativ", spulte Hotte sachlich seinen Vortrag ab.

"Der wird ja wohl auch kaum anzeigen, daß ihm die Pappe abhanden gekommen ist."

Stein lachte.

"Da ist aber noch etwas."

Kellers Stimme klang sorgenvoll.

"Nach letzten Erkenntnissen kann nicht ausgeschlossen werden, daß er vor zwei Monaten in Richtung Türkei verschwunden ist."

"Ein deutscher Legionär der PSK? Nicht auszuschließen."

Das paßte ins Bild. Zu gut ins Bild. Woher hatten die Sauerweins Führerschein? Wahrscheinlich ist er ihnen in der Türkei als Geisel in die Hände gefallen, dachte Stein.

"Hör zu Hotte! Wenn es was Neues gibt, melde ich mich wieder. Halte schon mal ein Mobiles Einsatzkommando in Alarmbereitschaft. Ist die Warnmeldung schon rausgegangen?"

"Ja heute früh. Die Fahrtrouten der Minister werden geändert, aber nicht der Veranstaltungsort, es bleibt beim Frankfurter Hof."

Im Frankfurter Hof stiegen oft Politiker ab. Das Grand Hotel lag nicht weit vom Eurotower, dem Sitz der Europäischen Zentralbank.

"Okay, ich treff' mich jetzt mit Erdmann. Wenn es etwas Wichtiges gibt, melde ich mich bei dir. Mach's gut."

"Servus."

Stein drückte erst den roten Knopf, dann die Tastensperre und steckte das Handy in die Bauchtasche zurück. In lockerem Tempo trabte er weiter in Richtung Dom. Am Eisernen Steg verließ er das Mainufer und lief über den Römerberg. Rechts lag die historische Häuserzeile. Gegenüber standen einige japanische Touristen am Römer, dem Frankfurter Rathaus, und fotografierten sich gegenseitig. Vor der Häuserzeile standen schon die ersten Tische und Bänke vor den Gaststätten. Gutgekleidete, dynamische Jungunternehmer saßen in kleinen Gruppen mit Touristen zusammen und gönnten sich den ersten "Freiluft-Ebbelwoi" in diesem Jahr. Hinter den Fachwerkhäusern bog er in Richtung Dom ab und nahm dann die Treppen zur U-Bahn Station Römer. Am

Bahnsteig stand die U 4. Er betrat das Abteil und sprang kurz vor dem Schließen der Türen wieder auf den Bahnsteig. Keine Verfolger. Anschließend lief er zum Parkhaus und drehte dort noch eine Sicherheitsrunde. Als er sicher war, daß ihm niemand folgte, joggte er in Richtung Zeil, der Fußgängerzone im Herzen Frankfurts. Pünktlich gegen zwölf Uhr nahm er den Aufzug zur Dachterrasse der Zeil Galerie, eines Kaufhauses, daß mehr durch die Pleite eines Immobilienzars als durch seine moderne Architektur bekannt wurde. Die Terrasse war auch am Sonntag für Besucher und Touristen geöffnet. In einem Zwischengeschoß hielt der Aufzug. Erdmann stieg zu. Obwohl sich außer ihnen niemand im Aufzug befand, sahen sie sich zunächst nicht einmal an. Auf der Dachterrasse überzeugten sie sich, daß sie alleine waren und stellten sich an das Geländer. Die Wolkenkratzer der größten deutschen Banken prägten zusammen mit dem bleistiftartigen Messeturm das Bild der Skyline von Frankfurt. Die Pyramidenspitze des Messeturms erinnerte Stein immer wieder an die Zeiten der alten Ägypter. Sie ließ in ihrer majestätischen Architektur die anderen, übermächtig erscheinenden Wolkenkratzer trotzdem als gesichtslose Elfenbeintürme erscheinen. Erdmann sah Stein besorgt an.

"Ich weiß nicht, ob wir deinen Einsatz noch länger verteten können. Aber der 16 C meint, wir müssen bis zum letzten Moment warten, da sonst ein anderes Kommando den Auftrag übernimmt."

Stein berichtete ihm von der Anmietung des Opel.

"Ich habe Hotte Keller eingeweiht. Dieser Sauerwein ist wahrscheinlich deutscher Sympathisant der PSK. Mir fehlen aber einfach noch zu viele Teile im Puzzle. Die Scheinanmietung bestätigt, daß die TIP den Anschlag der PSK in die Schuhe schieben will. Das spricht dafür, daß sie von sich ablenken und die PSK als die größte Gefahr hinstellen wollen. Durch dieses

Manöver könnten sie von ihren Machtbestrebungen ablenken. Ich denke, daß sie sich diesen Sauerwein irgendwo geschnappt haben. Vielleicht ist er in der Türkei der TIP oder den Militärs in die Hände gefallen, die ihn verschwinden ließen und seine Papiere behalten haben", führte Stein aus.

"Klingt plausibel. Aber komm, sei ehrlich, was hast du für Bedenken?", entgegnete Erdmann.

"Ich weiß nicht, ich habe ein ungutes Gefühl, ich kann es nicht erklären. Du weißt, daß ich nur dir und Hotte vertraue. Wir haben nicht umsonst schon einige Operationen zusammen durchgestanden. Dieses Mal geht mir alles ein wenig zu glatt. Vielleicht haben wir etwas übersehen."

"Was macht deine türkische Freundin?", versuchte Erdmann ihn abzulenken.

Stein stutzte für einen Moment.

"Wieso Freundin?"

"Mach mir doch nichts vor, ich kenn dich doch lange genug."

"Ich kann die Legende halten. Sie denkt sie hat mich im Griff."

"Bist du auch sicher, daß sie das nicht wirklich hat?", fragte Erdmann besorgt.

"Was soll das, denkst du ich verliere die Kontrolle?", entgegnete Stein laut.

Dann sah er sich um, doch sie waren immer noch allein auf der Dachterrasse. Erdmann legte eine Hand mit väterlicher Geste auf Steins rechte Schulter.

"Denk immer dran, keiner ist frei von Emotionen. Ich weiß, daß du deine Legende halten wirst, aber vergiß nicht, daß du auch nur ein Mensch bist."

Erdmann sah ihn besorgt an. Stein hielt dem Blick stand und nickte dann. Er wußte, daß Günther Recht hatte. Der hielt ihm ein Päckchen hin und sie steckten sich eine

Zigarette an, obwohl Stein die Lungen noch ein wenig pfiffen.

"Ich bin mir sicher, daß ihr Groß auf den Leim gegangen wäre. Und nicht nur Groß. Sie hat schon was", lenkte Stein ein.

"Also paß bloß auf."

"Sie ist unsere Chance den Fuß in die Tür zu kriegen und ich kann das Risiko verteten."
Erdmann stieß den Rauch in kleinen Kringeln aus.

"Werner will sich nicht in die Nesseln setzten, wenn er Anschläge prophezeit, die dann nicht passieren. Wahrscheinlich hat er erst noch auf eine Bestätigung durch andere Quellen gewartet."

"Der hat natürlich keine große Lust, sich in der Mongolei oder Tadschikistan wiederzufinden, wenn er schiefliegt. Das heißt, daß ich mich weiter auf dünnem Eis bewege."
Immer wieder dasselbe mit diesen Bürokraten, dachte Stein.

"Wenn etwas schiefgeht, weiß niemand im Dienst Bescheid", warf Erdmann ein.

"Wir haben uns doch schon vorher drüber unterhalten. Ich weiß, daß ich erst mal auf mich gestellt bin und habe Hotte eingeweiht. Er kennt die Strukturen hier. Wenn ich ihm das Kennwort gebe, schlägt er mit seinen Einheiten zu und wir lassen den ganzen Laden hochgehen."

"Gut. Das BKA schlägt zur Stunde Null zu und wir können uns schön raushalten. Gar nicht so schlecht. Du bist dir mit Keller nach wie vor sicher?"

"Ich vertraue ihm voll. Ihm geht es nicht um irgendwelche Spielchen, und er läßt mich nicht im Regen stehen, auch wenn etwas schiefgehen sollte."

"Na schön, ich drück dir die Daumen."

"Noch etwas."
Stein zögerte und versuchte die richtigen Worte zu finden.

"Ich hab gestern Brunner gesehen."

Günther Erdmanns Miene versteinerte.

"Sicher?"

"Ganz sicher. Die Haare trägt er etwas heller, aber er wars. Er ging die Taunusstraße runter und am Bahnhof in ein Bürogebäude. Wahrscheinlich in Spiegelbergs Hauskanzlei. Ich hab dann abgebrochen."

"Scheiße. Damals, als du hier in Frankfurt..."

"...Ja, Brunner hat damals Bescheid gewußt. Wahrscheinlich hat er als Doppelagent der Stasi Spiegelberg gewarnt und sie haben die Bälle flach gehalten", unterbrach ihn Stein.

Günther trat die Kippe aus.

"Ich lasse die Kanzlei überwachen. Ab übermorgen. Die andere Sache hat jetzt erst Mal Priorität. Verdammter Mist. Wir müssen uns jetzt auf die TIP konzentrieren. Halte mich auf dem Laufenden, Alles Gute."

Dann ging Erdmann zum Aufzug, während Stein nachdenklich am Geländer stehen blieb.

In einer Entfernung von wenigen hundert Metern Luftlinie sah ein dunkel gekleideter Mann durch ein Fernglas zur Dachterrasse der Zeil Galerie. Er stand im 27. Stockwerk des Rohbaus eines Hochhauses. Als Erdmann sich abwandte, grinste der Mann und amüsierte sich innerlich über Steins nachdenkliche Miene. Er nahm das starke Glas von seinen Augen und angelte ein Handy aus seiner Manteltasche. Der Wind pfiff zwischen den nackten Betonpfeilern und der Mann malte mit seiner rechten Schuhspitze ein halbrundes Gebilde in dem Zementstaub. Mit einer Hand tippte er eine Nummer ein. Der Rufton ging einige Male hin, dann meldete sich eine Stimme. Der Mann unterhielt sich kurz in türkischer Sprache mit dem Teilnehmer und beendete dann das Gespräch. Als er sein Handy in die Manteltasche zurückgleiten ließ, zeigte sich ein Lächeln auf seinen Lippen. Das Lächeln stand jedoch in einem harten Kontrast zu seinen dunklen Augen, die keinen Humor verrieten. Er wandte sich ab und verließ die Stelle, an der er eben einen Halbmond in den Staub gezeichnet hatte.

Das Zimmer unter dem Dach des Hinterhauses war nicht viel größer als eine Besenkammer. Ein kleines Fenster ließ ein wenig Sonnenlicht auf den Tisch scheinen, an dem Rachid El Habibi auf einem Schemel saß und einen Klingeldraht an die Bauteile des Weckers lötete. Dann schloß er zum Test eine Glühbirne an den Draht und aktivierte den Weckmechanismus. Das Aufleuchten des Birnchens ließ ihn befriedigt nicken. Er würde nur einen Wecker brauchen. Aus der Holzkiste, die neben dem Tisch stand, nahm er einen faustgroßen Block und löste das Ölpapier. Das Material erinnerte ihn an eine Mischung aus grauer Knete und Lehm. Dann plazierte er den Plastiksprengstoff vorsichtig in einem Zigarrenkästchen. Anschließend nahm er den präparierten Wecker und legte ihn ebenfalls in das Kästchen. Er prüfte, ob sich der Deckel schließen ließ. Den elektronischen Zünder legte er neben das Kästchen. Er würde ihn morgen anschließen. Der Gedanke an seine bevorstehende Mission erfüllte ihn mit tiefer Ehrfurcht und Befriedigung. Er stand auf und sah aus dem kleinen Fenster in den Hinterhof. Unten spielte eine multinationale Elf aus halbwüchsigen Grundschülern Fußball. Ein umgestürzter Einkaufswagen und eine schwarze Plastikmülltonne bildeten die Torpfosten. Trotz des babylonischen Sprachengewirrs schien man sich eingespielt zu haben. Er dachte an seine Kindheit zurück. An die Flüchtlingslager von Beirut, an seine Brüder und seinen Cousin. Der Tag der Rache kam. Ein Tag des Sieges im Dschihad, dem Heiligen Krieg. Er beschloß, seinen besten Anzug für den nächsten Tag zu bügeln, bevor er zum Abendgebet aufbrach.

Das melodische Klingeln riß Joachim Zöller aus seinen Gedanken. Er griff in die Innentasche seines Jacketts, um das Telefon herauszuholen und kümmerte sich nicht um das Pärchen am Nachbartisch, das sich angrinste. Die Barhocker im Opernbistro waren jetzt, kurz vor der ersten Abendvorstellung in der Alten Oper, gut besetzt.

"Hallo?"

"Joachim, ich bin's, Yasmin", hauchte eine zarte Stimme mit französischem Akzent.

"Yasmin, schön dich zu hören, wie geht' s dir denn?"

"Tres bien, ich bin heute Abend in Frankfurt und möchte dich gerne treffen."

"Hervorragend, wann paßt es dir denn?"

"Vielleicht in einer Stunde? Du könntest das Exposé von dem Landhaus im Taunus mitbringen, ich habe einen Interessenten aus Paris. Er arbeitet demnächst hier in Frankfurt, bei der Eurobank."

Zöller erinnerte sich an das Exposé und Yasmins Interesse, als er ihr vor einigen Wochen ein Angebot gefaxt hatte. Sie kannten sich seit sechs Jahren und profitierten gegenseitig von ihren Geschäftskontakten in der Immobilienbranche von Frankfurt und Paris.

"Ich müßte noch kurz ins Büro, aber kein Problem, ich bringe es mit, bis in einer Stunde, im Opernbistro?"

"Ja, bien sur, ich freue mich, Joachim."

Er schaltete das Handy aus und winkte dem Kellner. Yasmin erinnerte ihn an seine erste französische Freundin, Colette, damals vor zehn Jahren, bei seinem ersten Besuch in Paris. Die Begegnungen mit Yasmin verloren nie ihre Faszination und manchmal wünschte er sich, man hätte ihn viel früher für einen dauerhaften Westeinsatz ausgewählt. Er bezahlte und verließ das Bistro. Die Fassade der Alten Oper erstrahlte im gelben Scheinwerferlicht und die ersten Besucher der

Abendvorstellung strömten zum Hauptportal. Auf dem Opernplatz zogen Teenager mit Inlineskatern ihre Bahnen rund um den Brunnen, dazwischen bummelten Pärchen und Touristen durch die lauwarme Frankfurter Frühlingsluft. Ein herrlicher Abend. Er ging in Richtung Freßgass, einer verkehrsberuhigten Einkaufsmeile, die vom Opernplatz zur Zeil führte. In den Biergärten und Cafes saßen attraktive, gutgekleidete Frauen. Hier lagen die besten Flirtadressen. Zöller freute sich auf den Abend mit Yasmin. Zu seiner Geschäftsadresse in der Kaiserhofstraße lief er nur eine Minute. In seinem Büro ging er sofort zum Safe, in dem das Exposé lag. Er stellte die Kombination ein und öffnete den Tresor. Plötzlich ließ ihn ein Geräusch erschauern. Das Parkett hinter ihm knarrte. Er war nicht allein. Nach einer kurzen Schrecksekunde griff er mit der rechten Hand langsam in den geöffneten Safe, um seine durchgeladene Walther aus dem untersten Fach zu nehmen.

"Denk bloß nicht dran."

Die eiskalte Stimme ließ ihn erstarren. Schatten der Vergangenheit ergriffen ihn. Alte Geister des längst untergegangenen ostdeutschen Sozialismus holten ihn jetzt wieder ein. Die letzten Jahre liefen im Zeitraffer vor ihm ab. Seine angebliche Flucht aus der DDR, damals, Mitte der Achtziger. Die Täuschung des Bundesnachrichtendienstes als Doppelagent. Sein beruflicher Erfolg als Geschäftsführer einer Computerfirma. Das süße Leben im anderen Teil Deutschlands nach den jahrelangen Entbehrungen im ostdeutschen, real existierenden Sozialismus. Dann 1989 die Wende, seine Abschaltung als Agent im Westeinsatz. Mit der Hilfe Spiegelbergs und den Gewinnen aus der Computerfirma gründete er dann seine neue Existenz als Immobilienmakler.

"Nimm deine Hände langsam hinter den Kopf und dreh dich um."

Er kannte die eiskalte Stimme, die nicht einen Hauch von Gefühlsregung erkennen ließ. Seine Gedanken überschlugen sich, aber die Stimme duldete keinen Widerspruch. Dann nahm er wie befohlen seine Hände hinter den Kopf und drehte sich langsam um. Die schlanke, großgewachsene Gestalt stand im Halbdunkel in der Tür zwischen Vorzimmer und seinem Büro. In der rechten Hand des Mannes mit der Adlernase lag eine Automatikpistole mit aufgeschraubtem Schalldämpfer. Der Einbrecher trug eine schwarze Lederjacke über einem schwarzen Rolli und dunklen Jeans. Seine zusammengewachsenen Augenbrauen und die schmalen Lippen ließen ihn auch ohne die Pistole abstoßend erscheinen. Die Erkenntnis traf Zöller wie ein Blitz. Er wußte nicht seinen Klarnamen, aber dieser Mann hatte ihm damals einige Probleme vom Hals geschafft. Immer, wenn seine Tarnung gefährdet war, rief er eine Telefonnummer an. Damals meldete sich dieser Mann. Und seine Probleme erledigten sich. Bis zur Wende.

"Okay, ich will nicht lange um den heißen Brei reden. Hast du noch einen anderen Safe?"
Die Stimme klang jetzt neutral, fast wie die vom RTL Nachrichtensprecher. Zöller überlegte kurz, dachte an das Schließfach in der Filiale der Commerzbank. Dort lagen die Papiere, die er für diesen Tag X gesammelt hatte. Er räusperte sich und versuchte dann ebenso neutral zu klingen.

"Das ist der Einzigste. Da sind alle Papiere drin."
Ohne eine Regung drückte Adlernase ab. Das Projektil aus der Beretta durchschlug die Kniescheibe Zöllers und blieb im Parkett stecken. Er sackte sofort auf das andere Knie und hielt sich mit beiden Händen das Bein.

"Scheiße, nein, hör auf, du kriegst doch was du willst."

Sein hysterischer Tonfall war jetzt kurz vor dem Umkippen. Adlernase hörte sich dagegen an, als lese er die Lottozahlen vor.

"Bei der nächsten Lüge fährst du im Rollstuhl ins Opernbistro."

Schwarze Wolken waberten vor Zöllers Gesichtsfeld. Siedendheiß wurde ihm klar, daß sie alles über ihn wissen mußten. Dann vernahm er klickende Absätze auf dem Parkett. Trotz der eingeschränkten Wahrnehmung roch er den Frühlingshauch ihres blumigen Parfums, das ihn immer so fasziniert hatte. Durch einen Schleier Tränen konnte er sehen, wie eine Frau neben Adlernase das Büro betrat. Nein, das konnte nicht sein.

"Hallo mon cher, du wirst doch nicht auch noch mich belügen?"

Der seidenweiche, französische Akzent paßte nicht zu ihrer dominanten, entschlossenen Körperhaltung. Die Tränen flossen ihm jetzt in Sturzbächen die Wangen hinunter. Weniger aus Schmerz, mehr vor Enttäuschung. Er konnte sich kaum auf seinem Knie halten.

"Der Meister der Intrigen, jetzt selbst ein Häufchen Elend. Glaubst du eine Frau wie ich läßt sich von dir einwickeln?"

Yasmins Tonfall war jetzt scharf wie eine Rasierklinge. Er knickte zur Seite und fiel auf den Rücken. Adlernase stand jetzt bei ihm und stellte einen Fuß auf den Kehlkopf. Er sprach wieder so neutral, als lese er den Wetterbericht vor:

"Mach ihm die Hose auf."

Sie stelzte langsam zu ihm, bückte sich und zauberte ein Springmesser hervor, daß sie blitzschnell aufschnappen ließ. Er lag wie erstarrt auf dem Rücken und fand keine Worte.

"Noch eine Lüge und du kannst im Eunuchenchor anfangen."

Der Schweiß lief ihm in Strömen über das Gesicht und mischte sich mit dem Schleier seiner Tränen. Sein Herz begann zu rasen, als ihm Yasmin das Messer unter die Gürtelschlaufe legte.

"Neeeein, bitteee, ich sage doch alleees...", wimmerte Zöller.

Als sie den Gürtel mit einem Schnitt löste, konnte er seinen Urin nicht mehr halten.

Der Airbus im Landeanflug schwebte durch den klaren Nachthimmel über dem Frankfurter Stadtwald. Die Positionsleuchten blinkten regelmäßig im Sekundenabstand, das Fahrwerk war bereits ausgefahren. Der gelbe Schein der Kunstbeleuchtung des Rhein Main Flughafens kroch wie Polarlicht über den angrenzenden Wald. Eine Baumreihe säumte den leicht abfallenden Hang an der Bundesstraße zwischen Neu Isenburg und dem Flughafen. Edgar Brunner fuhr Zöllers Audi gegen einen Baum am Straßenrand. Dann löste er den Sicherheitsgurt und ging zu Yasmin, die mit einem VW Kombi auf dem nahegelegenen Parkplatz stand. Zusammen wuchteten sie die Leiche Zöllers aus dem Kombi auf den Fahrersitz des demolierten Audis. Sie schnallten ihn an und gossen einen Kanister Benzin im Bereich des Tanks auf die Rückbank. Yasmin ging mit dem Kanister zurück zum Kombi, während Brunner eine benzingetränkte Lunte ansteckte. Dann warf er die brennende Lunte mit einer Hand auf die Rückbank und schmiß mit der anderen Hand die Tür zu. Sofort züngelten die Flammen in dem demolierten Audi. Dann ging der ehemalige Partner Steins zurück zum Kombi, in dem Yasmin am Steuer wartete. Noch bevor er sich neben sie setzte, brannte der Audi lichterloh. Brunner schloß die Beifahrertür und zog seine Handschuhe aus. Als der Tank des Audi mit einem dumpfen Schlag explodierte, küßte er die junge Frau leidenschaftlich auf den Mund.

V.

Frankfurt am Main, Montagmorgen

Das Morgenrot schlich sich durch die Gardine in das Schlafzimmer und legte einen hellroten Schimmer über ihr dunkles Haar. Sie lagen beide auf dem Doppelbett im Schlafzimmer, ihr Kopf ruhte in seiner Armbeuge. Die ruhigen Atemzüge und der unschuldige Ausdruck ihrer geschlossenen Augen ließen Stein für einen kurzen Moment in dem Glauben, daß alles nur ein schlechter Traum sei. Da Bülent erst heute aus Köln zurückkommen sollte, verbrachten sie den Sonntagabend in seiner Wohnung. Er mußte immer wieder an Maria zurückdenken und konnte nicht das tragischen Ende vergessen, das der Einsatz auf Ibiza damals nahm. Nachdem sie sich am Vorabend noch einmal geliebt hatten, schlief sie sofort in seinem Arm ein, während er nachdenklich den klaren Sternenhimmel durch das Fenster betrachtete. Zwischenzeitlich fiel er in unruhigen Schlaf, doch die meiste Zeit lag er wach, wie jetzt, als die Morgenröte ins Zimmer kroch. Er strich ihr leicht über ihre Haare und auf ihrem bildschönen Gesicht zeigte sich langsam ein zögerliches Lächeln, als sie sich noch näher an ihn schmiegte. Seine Gedanken kreisten immer wieder um den Anschlag. Auch gestern versuchte er nicht ihren Argwohn durch neugierige Fragen zu wecken, aber das bevorstehende Attentat ließ ihn nicht zur Ruhe kommen. Sie schlug ihre Augen auf und schlang die Arme um ihn.

"Guten Morgen mein Schatz."

"Guten Morgen."

Er strich ihr mit einer Hand über den nackten Rücken, während sie mit einer Hand unter die Bettdecke fuhr, den anderen Arm löste und sich dann langsam, ihn mit zarten Küssen bedeckend, sich zu seinem Nabel vorzuarbeiten begann.

Eine halbe Stunde später saßen sie in der Küche und nippten an ihren Kaffeebechern. Im Hintergrund dudelte das Radio. Ihre nassen Haare fielen in Wellen auf ihren weißen Bademantel und sie verströmte den anregenden Duft ihres frischen Badegels. Wie schaffte sie es immer wieder, morgens so phantastisch auszusehen? Ayse bemerkte seinen Blick, sah ihn ernst an und schenkte dann Kaffee nach.

"Kannst du mir einen Gefallen tun?"

"Du weißt doch, daß ich fast alles für dich mache", sagte er und zog sie an sich.

"Bülent kommt heute aus Köln zurück. Er braucht den Vectra, kannst du ihn in die Stadt bringen? Es ist sehr wichtig. Er hat jemand dabei und kann ihn nicht selbst holen"

Sie lächelte ihn unwiderstehlich an.

"Na klar."

Er spürte wieder dieses Ziehen in der Magengrube. Jetzt war es aber nicht wie bei ihrem ersten Treffen. Eher eine Art von unerklärbarem Schmerz, ein Gefühl der Enttäuschung, das ihn überfiel. Er konnte aber keine Erklärung dafür finden. Durch den Nebel der Gefühle hörte er die Stimme des Nachrichtensprechers.

"Frankfurt. Bei einem Treffen europäischer Verteidigungsminister in Frankfurt am Main soll heute die Zypernkrise erörtert werden."

Stein sah auf.

"Was habt ihr vor?"

Ayse nahm seine Hand.

"Du weißt, daß wir für die gleiche Sache leben. Es ist aber gefährlich, wenn einzelne zu viel wissen. Bitte glaube mir, ich brauche dich und ich würde dich nie einem Risiko aussetzen."

Sie sah ihm tief in die Augen. Was empfand sie wirklich für ihn? Er mußte sich zusammenreißen. Denk an den Auftrag. Jetzt konnte er wieder Kontakt aufnehmen. Wenn er Bülent den Vectra bringen sollte, ergab sich die Gelegenheit, über Keller eine Observation zu veranlassen. Vielleicht konnten sie alle bei der Übergabe festzunehmen. Das Treffen und der Anschlag standen unmittelbar bevor. Während er sich anzog, beschloß er, sobald wie möglich Kontakt zu Keller aufzunehmen. Sie riß ihn wieder aus seinen Gedanken:

"Bülent trifft dich um halb eins am Eurotower, das ist am Schauspielhaus."

Er versuchte seine Gedanken zu ordnen und ruhig zu bleiben. Als er dann an der Wohnungstür stand, strich sie ihm zärtlich über die Wange.

"Paß auf dich auf...ich brauche dich..."

Dann schlang sie die Arme um ihn. Das Ziehen in der Magengegend wurde immer beklemmender. Plötzlich wußte Stein, daß er sie zum letzten Mal sah.

"Na klar, bis nachher", erwiderte er mit belegter Stimme.

Sie küßten sich noch einmal leidenschaftlich, bevor er ging.

Als Stein neben dem Eurotower in die Friedensstraße einbog, fuhr gerade ein weißer Lieferwagen aus einer Lücke. Er lenkte den Vectra in den Parkstreifen und steckte sich eine Camel an. Was wollen die nur mit dem Opel? Der Frankfurter Hof, Tagungsort der Verteidigungsminister, lag in unmittelbarer Nähe des Eurotowers. Doch was spielte er für eine Rolle? Er sah auf seine Uhr. Zwölf Uhr zehn. Zwanzig Minuten blieben ihm bis zum Treffen mit Bülent. Verdammt, wie paßten die Teile in das Puzzle? Er nahm sein Handy aus der Tasche und rief Keller an. Als sich Hotte meldete, klang die Stimme verzerrt.

"Moment Hotte, ich wechsel' nur den Standort."

Stein stieg aus und stellte sich mit dem Handy in Höhe des Kofferraums auf den Gehweg. Doch die Störungen wurden nur noch stärker. Plötzlich riß die Verbindung zu Keller ab. Stein spürte ein Eisblock in seinem Magen. Er schloß den Kofferraum auf. Ein grauer Samsonitekoffer, sonst nichts. Diese Schweine. Er mußte an Ayse denken. An ihr Lächeln, ihre Lippen, ihre Haare, ihre Stimme.

"Paß auf dich auf...ich brauche dich..."

All das ging ihm durch den Kopf, als er den Samsonite vorsichtig aus dem Kofferraum nahm und auf den Gehweg stellte. Er verschloß den Opel und ging mit dem Koffer in Richtung Main. Im einem Hinterhof öffnete er den Deckel mit seinem Taschenmesser. Immer wieder gingen ihm ihre letzten Worte durch den Sinn.

"Paß auf dich auf...ich brauche dich..."

Als er den Kofferdeckel anhob, sah er ein halbes Dutzend Semtexwürfel, die über Plastikdrähte mit einer Digitaluhr verbunden waren.

Verdämmter, hochexplosiver Plastiksprengstoff, genug um ein Mehrfamilienhaus in die Luft zu jagen. Stein dachte an den Abend am Mainufer und an ihren Kuß. Im Schatten des Halbmonds.

Dann wischte er die Gedanken fort und ballte seine Fäuste, um sich zu konzentrieren. Beim Dienst hatte er schon mehrfach Sprengsätze entschärft. In der Digitaluhr blinkten zwei rote Anzeigen. Die obere zeigte die aktuelle Zeit:

"12.12 Uhr und 32, 33, 34 Sekunden... "

Auf der unteren konnte man die Detonationszeit ablesen:

"12.15 Uhr und 00 Sekunden."

Noch zwei Minuten. Zum Glück eine einfache Konstruktion. Er nahm sein Schweizer Taschenmesser und knipste mit der Schere zuerst einen roten und dann einen blauen Draht durch. Die obere Anzeige blieb stehen.

"12.12 Uhr und 58 Sekunden. "

Aus und Ende. Stein öffnete eine Mülltonne, legte den Koffer hinein und wischte seine Fingerabdrücke von den Stellen ab, die er angefaßt hatte. Dann häufte er etwas

Altpapier darüber. Anschließend verließ er den Hinterhof und nahm sein Handy aus der Jacke. Keller meldete sich sofort.

"Die Bombe war im Vectra. In einem Samsonite, hinten im Kofferraum. Ich hab sie entschärft. Ihr könnt jetzt loslegen. Nehmt sie alle hopp."

Dann erklärte er ihm den Ablageort des Koffers. Als er das Gespräch beendete, hörte er aus der Ferne Martinshörner. Sie hatte ihn kaltlächelnd in den Tod geschickt. Er sah auf seine Armbanduhr. Viertel nach Zwölf. Der Anflug bitterer Enttäuschung verflog. Eine unbändige Wut erfaßte ihn. Die Wut auf sich selbst. Verdammt, du hast dich manipulieren lassen wie ein Anfänger, dachte er. Die Autobombe hätte ihn jetzt bereits zerrissen. Er lehnte an einem Pfeiler unter den Arkaden des Schauspielhauses und sah zu dem Opel auf der anderen Straßenseite. Von Bülent keine Spur. Natürlich. Die Martinshörner klangen lauter. Drei Polizeimotorräder kamen von der Untermainbrücke. Dahinter fuhren drei gepanzerte, dunkle Daimler. Die ersten Minister auf dem Weg zum Treffen. Als die Limousinen an ihm vorbeifuhren und auf der Friedensstraße in Richtung Frankfurter Hof einbogen, spürte Stein wieder das Ziehen in der Magengrube. Die Störung beim Telefonieren. Nein, das darf nicht wahr sein. Die Störung konnte nie durch eine Digitaluhr hervorgerufen werden. Die Abstrahlung der Uhr oder des GPS Senders war viel zu schwach. Nein, es mußte ein anderer Sender sein. Die gepanzerten Daimler Limousinen befanden sich gerade in Höhe des Opel Vectra, als dieser in einem Feuerball explodierte. Eine unsichtbare Riesenfaust schien den gepanzerten Mercedes direkt neben dem Opel zu erfassen und schleuderte das Fahrzeug einige Meter auf die andere Straßenseite. Metallteile sirrten wie Geschosse über die Kreuzung. Stein ging hinter dem Pfeiler in die Hocke und hielt sich die dröhnenden Ohren. Schwarzer Qualm waberte unter die Arkaden und riefen bei ihm wieder Erinnerungen an Ibiza wach:

"...Maria hielt mit dem Golf Cabrio in Höhe einer Eisbude an der Playa und sah ihn erwartungsvoll an. Stein küßte sie auf den Mund.

"Vanille oder Schokolade?"

Er wußte um ihre Schwäche für Eis. Sie zog einen Schmollmund und lachte:

"Am liebsten Vanille und ein bißchen von dir."

Er stieg aus und ging zu der Eisbude. Zur Mittagszeit war an der Playa die Hölle los. Familien mit kleinen Kindern zogen mit Sonnenschirmen und Sandschippen bewaffnet zum Strand. Bevor er die Bude erreichte, drehte er sich noch einmal um. Sie winkte ihm zu. Der Wind fing sich in ihren langen, dunklen Haaren. In den großen Augen las er immer wieder ihre Sehnsucht nach einem Fels in der Brandung. Das Knattern eines der unzähligen Leihmopeds mischte sich zwischen das helle Lachen der Kinder. Der Mopedfahrer streifte beinahe Marias Cabrio. Er trug einen roten Helm. Komisch, dachte Stein, wer zieht denn hier einen Helm auf? Plötzlich warf der Mopedfahrer einen kleinen Gegenstand in das Cabrio und beschleunigte sofort. Ein kleiner, olivgrüner Gegenstand von der Größe eines Tennisballs. Das Grauen schnürte ihm die Kehle zu. Er wollte schreien, losrennen, aber er konnte nur erstarrt zusehen. Sie schien nichts bemerkt zu haben und schenkte ihm in ihrer letzten Sekunde den unwiderstehlichen, sehnsüchtigen Blick. Den Blick, den er nie mehr vergessen würde. Dann detonierte die Handgranate. Die Druckwelle warf ihn rückwärts um. Er spürte einen stechenden Schmerz in der Schulter. Doch viel schlimmer war die Gewißheit, daß Maria den Anschlag nicht überlebt haben konnte. Als ihn die dunklen Qualmwolken einhüllten, wünschte er sich, er könnte für immer bei ihr sein..."

Frankfurt am Main, am selben Abend

Stein saß auf seinem Bett in einer kleinen Pension in Sachsenhausen. Er fühlte sich hundeelend. Zum Glück wurde er bei dem Desaster am Eurotower nicht verletzt. Die Ohren dröhnten aber noch leicht. Er hatte sich in der Pension eingemietet, seine künstliche Narbe entfernt und eine heiße Dusche genommen. Neben ihm stand eine halbe Flasche Jack Daniel's und ein Kübel Eis. Unter dem Kopfkissen lag eine Sig. Alte Gewohnheit aus alten Tagen. Im Fernsehen liefen gerade die Tagesthemen.

"Bei einem Anschlag auf die Versammlung der EU Verteidigungsminister wurden heute in Frankfurt fünf Sicherheitsbeamte zum Teil schwer verletzt."

Nun war ein Reporter zu sehen, der in der Friedensstraße vor einem stark beschädigten Wrack stand.

"Gegen Viertel nach Zwölf kam es in der Frankfurter Innenstadt zur Explosion einer Autobombe, gerade als der Konvoi des italienischen Verteidigungsministers den geparkten Wagen passierte. Durch die Explosion wurden fünf Sicherheitsbeamte in zwei Begleitfahrzeugen verletzt, während der italienische Verteidigungsminister unverletzt blieb. Zwei der Sicherheitsbeamten befinden sich in Krankenhäusern, ihr Zustand ist jedoch nicht lebensbedrohlich. Zum Hintergrund des Anschlages gab der Generalbundesanwalt am Abend eine Erklärung ab."

Nun war der Generalbundesanwalt in einer Pressekonferenz zu sehen.

"Nach den bisherigen Ermittlungen wurde das Tatfahrzeug, in dem sich die Sprengladung befand, durch den deutschen Terroristen Mathias Sauerwein angemietet."

Das Bild Sauerweins wurde eingeblendet.

"Sauerwein, mutmaßlicher Angehöriger des linksextremen Roten Kommandos und Sympathisant der kurdisch sozialistischen Arbeiterpartei PSK, ist zur Zeit auf der Flucht und zur internationalen Fahndung ausgeschrieben."

Jetzt konnte man wieder den Generalbundesanwalt sehen.

"Am Abend erhielt die Frankfurter Abendzeitung ein Selbstbezichtigungsschreiben des Kommandos "Fuhat Yilmaz". Das Rote Kommando gibt an, den Anschlag zusammen mit ihren Bündnisgenossen der PSK begangen zu haben. Bei einer türkischen Zeitung in Frankfurt ging ein gleichlautendes Schreiben der PSK ein. Erste Bewertungen ergaben, daß es sich vermutlich um authentische Schreiben handelt."

Stein nahm die Fernbedienung und schaltete den Fernseher aus. Was für eine Scheißwelt. Er goß sich noch einen Jackie ein und nahm sein Handy. Keller meldete sich sofort.

"Ich bins", meldete sich Stein zerknirscht.

"Hallo Wolfgang. Wie hast Du's überstanden?"

"Ich hab bei der Explosion nichts abgekriegt, Zum Glück stand ich hinter einer Säule unter den Arkaden. Mir ist zum Kotzen zumute. Was für ein Fehler. Ich komme mir vor wie ein Anfänger."

"Du konntest nicht wissen, daß sie noch eine zweite Bombe in den Opel legen und auch noch mit Fernzündung arbeiten. Mensch, es ist rum, es gab keine Toten und die Sicherheitsbeamten sind auch bald wieder wohlauf. Wir haben die Wohnung in der Frankenallee gestürmt. Natürlich leer. Der Antalya Grill in der Münchener Straße ist geschlossen. Von Bülent und Ayse gibt es keine Spur. Keine auswertbaren Fingerspuren. Das Erddepot im Stadtwald ist auch geräumt."

"Und da keine Spuren zur TIP führen, sind die Kurden an allem Schuld. Hotte ich komm mir wieder vor wie ein Bauer auf dem Schachbrett dieser Scheißpolitik."

"Du weißt wie das ist, wenn das rauskommt, dann haben wir den größten Skandal. Menschenskind wir haben doch das Schlimmste verhindert."

141

"Was soll der Quatsch mit diesem Sauerwein?", wurde Stein lauter.

"Mann, was soll ich denn sagen? Daß ein ehemaliger BND Agent den Opel angemietet hat? Wenn rauskommt, daß ich von deiner Anmietung wußte, dann gute Nacht! Die ersten Ermittlungen der Frankfurter Kollegen ergaben, daß der Opel mit Sauerweins Führerschein angemietet wurde. Ihn können wir im Nachhinein immer noch ausschließen. Den kann das sowieso nicht mehr kratzen, der sitzt wahrscheinlich in irgendeinem Knast in der Türkei, falls er überhaupt noch lebt."

"Und die Schreiben an die Zeitung? Was ist damit?"

"Die TIP wird schon wissen wie sie das macht."
Stein hatte sich wieder beruhigt. Letztendlich war die Sache aus und vorbei.

"Gute Nacht Hotte. Ich brauch jetzt erst mal Ruhe."

"Nacht Wolfgang. Kopf hoch, es geht schon weiter."
Er legte das Handy zur Seite, löschte das Licht und versuchte zu schlafen.

VI.

Nikosia auf Zypern, am nächsten Morgen
Saki Papadopoulos schulterte sein Sturmgewehr und verließ die Wachbaracke an der Demarkationslinie zum türkisch besetzten Nordteil der Insel. Noch ein Tagdienst und dann vier freie Tage. Er freute sich auf Elena, seine Verlobte, um mit ihr in ihrem Heimatort einige Tage zu verbringen. In zwei Monaten wollten sie heiraten, die Vorbereitungen liefen auf Hochtouren. Er versprach ihr das Größte Hochzeitsfest, daß der kleine Ort an der Ostküste je gesehen hatte. Saki lief die etwa hundert Meter

von der Baracke zum Wachturm durch den Sand des sogenannten Todesstreifen. Dieser Streifen bildete die Grenze zum türkisch besetzten Norden der Insel. Die türkische Invasion lag jetzt fast dreißig Jahre zurück. Mit seinen neunzehn Jahren kannte Saki Papadopoulos nur die geteilte Heimatinsel. Jeden Tag standen sich die griechisch-zypriotischen Truppen und die türkischen Besatzer an dem Grenzstreifen gegenüber, der sich von der West- bis zur Ostküste der Insel erstreckte. Der Frieden wurde bisher durch die UN Truppen, die eine sogenannte Pufferzone an der Grenze betreuten, bewahrt. Aber zu welchem Preis, dachte Saki. In den letzten Tagen wurden sie von rechten Türken mehrfach mit Steinen beworfen und einmal fielen auch Schüsse. Doch sie sollten nicht zurückschießen. Die Machtlosigkeit verbitterte ihn. Man durfte ihnen nichts durchgehen lassen, aber sie mußten aus politischen Gründen stillhalten. Der Kollege, den er ablöste, begrüßte ihn freundlich:

"Hallo Saki!"

"Hallo."

"Wie lange hast du noch?", fragte ihn Georgios, mit dem er vor einigen Monaten bei der zypriotischen Armee unterschrieben hatte.

"Nur noch heute... dann geht es nach Hause..."

"Du Glücklicher, ich habe noch drei Nächte. Wie geht es Elena?"

Georgios grinste ihn an.

"Phantastisch. In zwei Monaten ist es soweit."

"Ich warte noch ein bißchen... ich hab ja noch Zeit...Yassu!", grüßte Georgios und wandte sich ab.

"Yassu!" grüßte Saki zurück.

Dann erklomm er die Sprossen zu dem etwa fünf Meter hohen Wachturm. Die Sonne strahlte über die Insel der Schönheitsgöttin Aphrodite, die der Legende nach an der Westküste dem Meer entstiegen sein soll. Der blaue Himmel zeigte sich wolkenlos und Saki freute sich auf die nächsten Tage mit Elena. Plötzlich zerriß ein Schuß die friedliche Stille. Er drehte sich um und konnte gerade noch sehen, wie Georgios auf den Bauch fiel. Aus seinem Hinterkopf schoß Blut und färbte den Sandboden dunkelrot. Die hölzernen Pfosten des Wachturms zersplitterten unter dem Dauerfeuer einer automatischen Waffe. Saki Papadopoulos spürte einen dumpfen Schlag an der Schläfe. Dann wurde alles um ihn dunkel.

Syme vor Rhodos, wenige Minuten später

Ioannis Karamitsos lenkte sein kleines Boot in Richtung des Hafens von Syme. Er war heute spät dran und der Fang der Nacht war spärlich ausgefallen. Die anderen Fischer belegten bestimmt schon die besten Plätze am Hafen. Mit etwas Glück konnte er vielleicht die Hälfte seines Fangs an Touristen verkaufen, die zu Tagesausflügen nach Syme kamen. Die kleine, karge Insel lag näher an der türkischen Küste als an der großen Schwesterinsel Rhodos. Syme und Rhodos gehörten zu den Sporaden, den östlichsten Inseln in diesem griechischen Teil der Ägäischen Meeres. Ioannis spitzte die Lippen und pfiff eine Melodie von Mikis Theodorakis. Trotz seiner Fünfundsechzig Jahre wirkte er wesentlich jünger. Das ruhige Leben auf der abgelegenen Insel und täglich ein Glas roter Naoussa versprachen ihm noch einen langen Lebensabend. Er hatte es zwar nicht zu besonderem Reichtum gebracht, aber er war glücklich mit seinem kleinen Haus direkt am Meer. Dann versuchte Ioannis die Gedanken an den spärlichen Fang zu verdrängen und sich auf den Abend zu freuen. Er pfiff weiter seine Lieblingsmelodie aus dem Film "Sonntags nie" und dachte mit Wehmut an Melina Mercouri, die damals die Hauptrolle spielte. Hundert Meter vor der Stelle, an der die Bucht zum Hafen begann, erhob sich plötzlich ein Taucher vor dem Boot aus dem Wasser. Er drosselte die Geschwindigkeit des Außenborders und wunderte sich, was denn ein Taucher hier wollte. Touristen kamen in dieser Jahreszeit selten zum Sporttauchen. Der Fischer fuhr langsam weiter. Als er nur noch wenige Meter von ihm entfernt war, nahm der Taucher seine Hände aus dem Wasser. Ioannis erkannte eine Harpune in den Händen des Froschmannes. Dann fragte er sich noch, was der hier mit einer Harpune fangen wollte. Er mußte Meilen mit dem Boot herausfahren, um noch einen Schwarm zu finden. Der Taucher legte die Harpune auf ihn an. Ein eisiger Schauer überfiel Ioannis Karamitsos.

"Jesus Christus!", entfuhr es ihm noch.

Er hob eine Hand, um sich zu bekreuzigen. Doch die Stahlspitze des Harpunenpfeils drang in Sekundenschnelle in sein Herz.

Athen, eine halbe Stunde später

Konstantin Simitis, diensthabender General im Lagezentrum der griechischen Armee, sah in den Spiegel und zog seine Krawatte zurecht. Der einfache Spiegel hing an einem der Schränke in seinem persönlichen Ruheraum. Die Falten um die Augen wurden tiefer und die Haare grauer, aber er war trotzdem noch zufrieden, auch wenn ihm die Trennung von seiner Frau einige Falten mehr einbrachten. Allerdings in erster Linie aus finanziellen Gründen. Aber seine neue Freundin sagte immer, daß ihn die Lachfalten nur sympathischer erscheinen ließen. Ein kurzer Anflug von Eifersucht überschattete seine gute Laune. Wo war sie jetzt? Wahrscheinlich nutzte sie wieder seinen Schichtdienst, um sich die Nacht und den frühen Morgen mit ihren Freundinnen in einem Sirtakilokal um die Ohren zu schlagen. Die Tür zu seinem Ruheraum ging mit einem Schlag auf.

"Wer zum Teufel schert sich hier ohne Anzuklopfen rein!", schrie Simitis, bevor er sich umdrehte.

Der Gesichtsausdruck eines Adjutanten ließ sein Blut zu Eis gefrieren. Der Mann sah aus, als wären tausend Teufel hinter ihm her. Der Schlips hing schief und der Gesichtsausdruck ließ eine Mischung aus Ungläubigkeit und Panik erkennen.

"Sie kommen. Es ist soweit, sie greifen an, sie haben starke Truppen und Marine in Stellung gebracht. Auf Zypern und Syme gab es bereits Verluste. Sie müssen den Ministerpräsidenten verständigen!"

Konstantin Simitis ballte seine Fäuste. Die Wut fiel über ihn wie ein Tropensturm. Er wußte seit Jahren, daß sie keine leeren Drohungen ausstießen. Doch dann atmete er tief durch und besann sich auf seine Führungsqualitäten.

"Immer mit der Ruhe. Ich rufe ihn gleich an. Mach du uns erst Mal einen starken Mokka!"

Berlin, Bendlerblock, zwei Stunden später

Im Krisenzentrum des Bundesministeriums für Verteidigung ging es zu wie in einem Bienenstock. Einige Offiziere übertrugen Truppenbewegungen auf großflächige Karten des Ägäischen Meeres, andere telefonierten mit zwei Apparaten gleichzeitig. Sie ließen sich nicht ablenken, als der Minister und sein Staatssekretär das Zentrum betraten. Hermann Kurzrock, diensthabender General im Krisenzentrum, begrüßte den Verteidigungsminister und den Staatssekretär. Dann führte er sie zu einer etwas abseits gelegenen Sitzgruppe. Nachdem sie sich gesetzt und eine Tasse Kaffee eingeschenkt hatten, begann Kurzrock mit seinem Vortrag:

"Vorbehaltlich einer Lageeinschätzung des BND verfügen wir nach Informationen durch NATO Nachrichtendienste über folgende Erkenntnisse: Gegen Sieben Uhr Ortszeit griff ein türkischer Verband die

146

griechisch-zypriotische Armee in Nikosia auf Zypern an. Durch türkische Elitetruppen wurden Teile der Demarkationslinie auf Zypern eingenommen. In Nikosia ist die Lage unklar."

Der Minister stellte seine Tasse hin und begann mit nachdenklicher Miene seine Brille zu putzen. Kurzrock blickte auf. Doch sein oberster Chef nickte ihm nur wortlos zu. Daraufhin fuhr der General fort:

"Zeitgleich haben Kampfschwimmerverbände die Insel Syme, nordwestlich von Rhodos, eingenommen. Dieser Insel im östlichen Teil der Ägäis wird eine besondere strategische Bedeutung beigemessen. Dort liegen sich griechische und türkische Marineverbände auf Kampfdistanz gegenüber. Außer anfänglichen Schießereien auf Zypern hat es nach unseren derzeitigen Erkenntnissen noch keine weiteren Kampfhandlungen gegeben. Um es auf den Punkt zu bringen: Ein Angriff der Türkei und die Verletzung der Souveränität Zyperns und Griechenlands hat dazu geführt, daß sich unsere beiden NATO Partner quasi im Kriegszustand befinden. Offiziell wurde jedoch noch von keiner der beiden Seiten der Krieg erklärt."

Der Minister setzte wieder seine Brille auf und hörte weiter aufmerksam zu.

"Bemerkenswert ist insbesondere, daß in der Türkei massive Truppenbewegungen am Bosporus stattfinden. Die starken türkischen Truppen konzentrieren sich im Bereich Istanbul, aber auch in Ankara. Nicht aber in der Ägäis, abgesehen von den genannten Verbänden. Gleichwohl langt ein Tropfen, um das Faß zum Überlaufen zu bringen."

Der Minister lehnte sich zurück und meldete sich zu Wort:

"Was machen sie sich für einen Reim darauf?"

General Kurzrock nahm zunächst einen Schluck Kaffee und steckte sich dann eine HB an. Er ließ sich mit seiner

Antwort Zeit, wohlwissend, daß der Minister gleich den Kanzler unterrichten würde.

"Ich denke, daß die türkischen Handlungen ein Ablenkungsmanöver im Rahmen einer bisher nicht durchschaubaren Strategie sind. Die Besetzung Symes und die Kampfhandlungen auf Zypern sind im Gesamtkontext nur empfindliche Nadelstiche. Wenn die Türken aber einen erfolgreichen Angriffskrieg gegen Griechenland führen wollten, würden sie massiver angreifen."

"In welche Richtung könnte die Strategie gehen?"

"Das ist zwar sehr spekulativ, aber ich halte einen Militärputsch in der Türkei für die wahrscheinlichste Erklärung. Es könnte sein, daß sie einen potentiellen Kriegszustand nutzen, um die Opposition im Land nach Ausrufung des Ausnahmezustandes zu zerschlagen."

"Herr General!"

Sie drehten sich alle wie auf Kommando um. Ein Hauptmann kam auf sie zu.

"Neueste Nachrichten aus der Türkei. Erklärung des Vorsitzenden des Nationalen Sicherheitsrates."

Der Hauptmann nahm eine Fernbedienung vom Tisch und schaltete einen neben der Sitzgruppe stehenden Fernseher ein. Auf dem Bildschirm erschien neben dem CNN Logo Kemal Dardagan, der Vorsitzende des Nationalen Sicherheitsrates, des mächtigsten Gremiums der Türkei. Im Untertitel war "Live from Ankara" eingeblendet. Dann konnte man die englische Übersetzung des türkischen Originaltextes hören. Als der Hauptmann übersetzen wollte, winkte der Minister ab. Im Gegensatz zu vielen anderen im Kabinett sprach er fließend englisch.

"Nachdem am heutigen Morgen durch Teile unseres Militärs Handlungen begangen wurden, die nicht im Interesse türkischer Politik sind, habe ich den Ausnahmezustand für die Republik Türkei ausgerufen. Meuterern in Teilen unserer Armee, die islamistisch-extremistische Bestrebungen hegen, haben nicht autorisierte Angriffe auf unseren Nato Partner Griechenland geführt. Wir werden diese Putschisten, die unsere Republik in das Mittelalter zurückführen wollen, ihrer gerechten Strafe zuführen. Der gestrige Anschlag auf das Treffen der Verteidigungsminister in Deutschland zeigt, daß die Terroristen der PSK ihre Anschläge in Westeuropa weiter ausdehnen werden. Die terroristischen Herausforderungen der PSK und der islamischen Fundamentalisten erfordern eine außerordentliche innenpolitische Härte der Republik Türkei. Ich entschuldige mich hiermit in aller Form für Handlungen, die die Meuterer vorgenommen wurden. Wir werden selbstverständlich für einen angemessenen Ausgleich des entstandenen Leids sorgen."

Nach dieser Erklärung sah man Panzereinheiten an strategisch wichtigen Plätzen in Istanbul. Soldaten hinderten ein Kamerateam daran, die Festnahme von mehreren Zivilisten zu filmen, die durch Polizisten zusammengeprügelt und auf Lastwagen geworfen wurden. Bilder vom Verteidigungsministerium in Ankara zeigten die Festnahme von Dutzenden Offizieren und Generälen, die an den Händen gefesselt mit versteinerter Miene auf ihren Abtransport warteten. Dann wurde eine Moschee eingeblendet, aus der Soldaten Kisten und Bücherstapel heraustrugen.

Nachdem sich der Minister eine HB aus der auf dem Tisch liegenden Packung geangelt und in den Mund gesteckt hatte, sah er Kurzrock an.

"Da haben sie ja mit ihrer Einschätzung ganz gut gelegen. Erst mal vielen Dank. Ich muß jetzt ins Kanzleramt."

Damit stand er auf und drückte dem General die Hand, ohne sich die Zigarette im Mund angesteckt zu haben.

Frankfurt am Main, wenige Stunden später

In der "Buchscheer" herrschte am Nachmittag schon reger Betrieb. Die traditionelle Apfelweingaststätte im Stadtteil Sachsenhausen war nicht nur bei den Einheimischen, sondern auch bei Geschäftsleuten sehr beliebt. Kellner schleppten Tabletts mit gerippten Apfelweingläsern und Teller mit Sauerkraut und Rippchen zu Tischen, an denen sich Gäste auf langen Bänken nebeneinander drängten. Stein und Erdmann saßen allein an einem der Tische.

"Ich frage mich, was der hier noch will", brummte Stein, blickte unbewegt in sein Glas und nahm dann einen Schluck Apfelwein.

Erdmann legte ihm die Hand auf die Schulter.

"Wolfgang, du hast dein Bestes gegeben. Es ist noch ziemlich glimpflich abgegangen. Es gab schließlich keine Toten. Du weißt, daß wir die Sache verschleiern mußten, sonst kommen wir in Teufels Küche. Sokrates hat um das Treffen gebeten und kommt extra hierher, um dich zu sprechen. Er wird uns auf den neuesten Stand der Dinge bringen."

"Ich frage mich, was die ganze Sache sollte. Wir hatten in diesem Schachspiel von Anfang an die Schwarzen, sie waren uns die ganze Zeit immer einen Zug voraus", bemerkte Stein resigniert, bevor er mit bitterer Miene fortfuhr:

"Und dann noch die türkischen Angriffe heute früh. Die Schwarzen Brigaden standen in engem Kontakt zum Militär, bevor sie sich mit der islamistischen TIP verbrüderten. Dann der Anschlag gestern. Das ist doch kein Zufall."

Erdmann schwenkte sein geripptes Apfelweinglas und nippte dann wortlos daran. Er schürzte seine Lippen, da ihm das Getränk wahrscheinlich zu bitter war. Dann bemerkte er mit saurem Unterton:

"Ich kann mir auch noch keinen Reim drauf machen. Laß uns mal abwarten, was Werner dazu sagt."

"Wahrscheinlich bin ich doch zu lange aus dem Geschäft raus", meinte Stein mit abwesender Stimme.

Erdmann sah auf und nickte Werner zu, der auf den Tisch zukam. Sie gaben sich die Hände. Der Abteilungsleiter sah sich um. Die Banker vom Nachbartisch, die sich lauthals über Börsenkurse unterhielten, standen gerade auf und gingen. Georg Werner setzte sich zu ihnen und senkte seine Stimme, was aufgrund der Geräuschkulisse eigentlich überflüssig war:

"Ich kann mir vorstellen, wie sie sich fühlen. Nichtsdestotrotz ist die Operation als Teilerfolg anzusehen, da wir den Tod mehrerer Menschen verhindert haben. Sie wissen natürlich um die brisante Situation. Ich habe die Operation als streng geheim eingestuft und ein Dossier angelegt."

Dabei rutschte ihm die Nickelbrille von der Nase, die er jedoch mit majestätischer Haltung wieder zurechtrückte. Der Kellner erschien mit einem Glas und fragte Werner brummelig:

"En Schobbe?"

Der nickte nur kurz, worauf ihm der Kellner wortlos einen Filzdeckel hinlegte und ein Apfelweinglas draufstellte. Dann ging er weiter. Stein und Erdmann sahen sich an, bevor Sokrates fortfuhr.

"Außer dem Vize und uns ist niemand über die Zusammenhänge eingeweiht. Er gab heute morgen sofort das geheime Dossier an das Kanzleramt weiter. Wenn die Amis das mitkriegen, dann sind die türkischen Mullahs ganz oben auf ihrer Liste. Im übrigen ist die TIP durch den Putsch natürlich erheblich geschwächt. Das kommt, um es inoffiziell zu sagen, unseren Interessen natürlich auch entgegen."

Erdmann nahm den Kopf hoch.

"Auch wenn wir das Attentat nicht verhindern konnten, wird sich die Situation hier in Deutschland nicht unbedingt entschärfen. Die Strukturen der TIP sind

151

schwer aufzubrechen und werden sich nach dem Putsch hier nur verfestigen."

Jetzt schaltete sich Stein ein:

"Ich habe den Job übernommen und es ist schiefgegangen. Auch wenn die Sache jetzt vertuscht wird, es bleibt eine Pleite."

Erdmann sah in beruhigend an.

"Wir können das jetzt nicht mehr ändern."

Werner hob den Ärmel seines blauen Sakkos an und blickte auf die Armbanduhr.

"Mein Flieger geht bald, ich muß wieder nach München."

Er stand auf, ohne den Apfelwein angerührt zu haben und kramte ein Fünfmarkstück aus der Hosentasche, das er auf den Tisch warf. Dann gab er freundlich lächelnd Erdmann und Stein die Hand zum Abschied.

"Die Modalitäten über ihr Honorar sind ja abgesprochen. Haben sie vielen Dank für ihren Einsatz. Übrigens nettes Lokal hier, zwar nicht so ein toller Blick wie von der Zeil Galerie, aber sehr nett."

"Bis morgen zur Frühbesprechung", murmelte Erdmann und nickte dem Abteilungsleiter zu, der sich abwandte und zum Ausgang lief. Stein nahm sein Glas. Als ihm Erdmann zuprosten wollte, rief er sich den letzten Satz Werners in Erinnerung. Irgend etwas an seiner Haltung machte ihn stutzig. Was hatte der nochmal gesagt? Dann traf ihn die Erkenntnis wie ein Keulenschlag.

VII.

Frankfurt, Rhein Main Flughafen, eine Stunde später

Die Anzeigetafel in Halle A zeigte eine halbstündige Verspätung der Lufthansamaschine nach München an. Die Schlange vor dem Schalter war trotzdem noch relativ lang. Zu dieser Zeit flogen zumeist Geschäftsleute. Georg

Werner, Deckname "Sokrates", lehnte am Tresen des Stehcafés in Halle A. Neben ihm stand eine dunkelhaarige Frau mit Sonnenbrille und Kopftuch, die einen ledernen Aktenkoffer in der linken Hand hielt. Sie trug ein helles Kostüm. Nach ihr drehten sich selbst auf diesem internationalen Flughafen fast alle Männer um. Werner nahm ein silbernes Zigarettenetui aus seiner Manteltasche, öffnete es und sprach die junge Frau an:

"Hätten sie vielleicht Feuer für mich?"

Sie drehte sich um. Die große dunkle Sonnenbrille verdeckte ihr Gesicht, doch die Bekleidung und ihr Auftreten unterstrichen den ersten Eindruck der Frau von Klasse. Sie stellte ihren Aktenkoffer ab, nahm ein Cartier Feuerzeug aus einer Tasche ihres Kostüms und fragte mit kühler Stimme und hauchzartem, französischen Akzent:

"Hätten sie vielleicht auch eine Davidoff für mich?"

"Selbstverständlich."

Werner hielt ihr sein Etui entgegen.

"Merci", bedankte sie sich und nahm eine Zigarette aus dem Etui.

Dann hielt sie ihm das Feuerzeug mit der brennenden Flamme an die Zigarette und umfaßte flüchtig seine Hand, als er das erste Mal an der Zigarette zog. Werner wandte sich wortlos ab.

Stein lehnte am Geländer der Galerie oberhalb der Halle A und blickte konzentriert auf das Stehcafe. Seine Gedanken kreisten um Georg Werner. Welche Teile fehlten noch? Wie paßte das Puzzle zusammen? Erdmann hatte Werner nur von einem Treffen in Frankfurt erzählt, nicht aber von dem Treffpunkt Zeil Galerie. Woher konnte der Abteilungsleiter von dem Treffen auf dem Dach der Zeil Galerie wissen? Die Anspielung auf die Aussicht von der Dachterrasse, nur eine lapidare Äußerung von Werner? Nein, das konnte kein Zufall sein. Wenn er von dem Ort des Treffens wußte, dann von jemand anderem. Also, von wem? Entweder ließ er sie selbst observieren, oder er wußte es von der Gegenseite. Werner ein Maulwurf? Ausschließen konnte man das nie. Wenn ja, was sollte dann die ganze Operation? Für wen arbeitete der Abteilungsleiter? Der 16 C stand am Tresen des Stehcafes und hatte gerade einer Schönheit mit Kopftuch eine Zigarette vermacht. Die Frau drückte die Zigarette nach zwei Zügen im Ascher aus. Dann ging sie in Richtung Rolltreppe. Ihren Aktenkoffer ließ sie am Tresen stehen. Werner drückte seine Zigarette ebenfalls aus, nahm den Aktenkoffer der Frau und ging zum Schalter der Lufthansa. Eine Übergabe. Dieser Judas. Für wieviel Silberlinge verriet er sein Heimatland? Steins Gedanken rasten. Die Schönheit betrat gerade die Rolltreppe von der Halle A zur tiefer gelegenen Ankunftsebene. Er mußte sie identifizieren. Jetzt. Also hinterher. Er nahm die Treppe runter zur Halle. Dann die Rolltreppe herunter zur Ankunftsebene. Wo war Erdmann? Er fingerte sein Handy aus der Jackentasche und drückte die Wahlwiederholung von Erdmanns Nummer. Kein Empfang. Nachdem er ihm den Verdacht mitgeteilt hatte, observierten sie Werner bis zum Flughafen. Erdmann suchte einen Parkplatz, während er dem Abteilungsleiter folgte. In der Ankunftsebene traf gerade eine Reisegruppe ein. Die sonnenverbrannten Neckermänner schoben schwankend Gepäckwagen vor sich her und johlten immer noch bierseelige Ballermanngesänge aus Mallorca. Doch nirgends eine Spur der Schönheit. Stein ließ seinen Blick schweifen. Wo war sie nur? Dann sah er für eine Sekunde ihr Kostüm in der Menschenmenge. Von hinten. Sie hatte das Kopftuch abgenommen. Lange, dunkle Haare fielen ihr auf die Schulter. Dann schob sich wieder ein Neckermannkonvoi dazwischen. Stein hangelte sich rücksichtslos durch die Menge. Ein fettleibiger Schreibtischhocker mit Strohhut und Bierfahne stellte sich ihm demonstrativ in den Weg, aber er drückte ihn beiseite. Die Schönheit verschwand gerade mit der Rolltreppe abwärts zur nächsten Tiefebene. Der Ballermann überschätzte sich nach zwanzig Freibier im Flugzeug:

"Isch glaab du spinnst!", blaffte er in seine Richtung und hielt ihn am Hals fest.

Keine Zeit für Diskussionen. Stein setzte ihm eine Gerade auf die rosafarbene Säufernase. Die platzte wie eine reife Tomate. Der Neckermann fiel auf den Rücken und blieb wie ein Maikäfer liegen. Jetzt machten die anderen auf einmal Platz. Stein nahm die Rolltreppe zur nächsten Tiefebene. Dort ging es zur S-Bahn und zum Parkhaus. Die Unbekannte war nirgends zu sehen. Bahnsteig oder Parkhaus. Er rannte in Richtung der Kassenschalter am Parkhaus und konnte gerade noch aus dreißig Meter Entfernung sehen, wie die Schöne eine Zwischentür zu den Aufzügen am Parkhaus öffnete. Als er am Aufzug ankam, leuchtete an der Anzeige die Sechs auf. Sechstes Obergeschoß. Stein nahm die Treppen. Nach dem dritten Stock stachen ihm die Lungen, und die Luft wurde ihm knapp. Das Blut dröhnte in seinen Ohren. Er bereute jede Camel in den letzten Tagen. Im sechsten Obergeschoß öffnete er die Zwischentür zum Parkdeck. Keine Menschenseele in der Zufahrtsstraße. Von seinem Standort aus konnte er nur in eine Parkbox sehen. Benzingestank hing in der Luft. Seine Ohren dröhnten, die Abgase stachen in den Lungen und er konnte einen Hustenreiz gerade so unterdrücken. Dann knallten ihre Pumps durch die Stille. Er konzentrierte sich auf das Klicken der Absätze. Eine Parkbox weiter rechts also. Stein lief an die Ecke und lugte in die Einfahrt. Dann sah er sie von hinten. Ihr helles Kostüm. Ihre langen schwarze Haare und die unendlich langen Beine, die dann doch in den hohen Pumps endeten. Nein. Sie ging auf einen hellen Audi zu. Das konnte nicht sein. Außer dem Geräusch ihrer Pumps war nichts zu hören. Kein Auto, kein Mensch weit und breit. Stein nahm die Sig aus dem Hosenbund und ging ihr hinterher. Als sie in Höhe des Audi stand, sprach er sie an:

"Ayse!"

Sie drehte sich um. Er nahm die Sig hoch.

"Ich will deine Hände sehen!"

Sie lächelte ihn an und breitete ihre Arme aus.

"Ich habe keine Waffe. Du brauchst doch vor mir keine Angst zu haben."

Selbst im Kunstlicht des Parkhauses sah sie einfach phantastisch aus. Er ging auf sie zu und blieb etwa vier Meter vor ihr stehen:

"Was ist das für ein Scheißspiel. Sag's mir jetzt."

Sie lachte ihn weiter an.

"Leg die Waffe weg, dann können wir uns in Ruhe unterhalten."

Stein hörte ein metallisches Knacken rechts hinter sich. Verdammt. Ohne zu federn rollte er kopfüber zur Seite und drehte sich in die Richtung des Knackens. Da fiel der erste Schuß. Der Mann hinter ihm stand am Kofferraum eines geparkten Benz. Die Waffe in seinen Händen bäumte sich auf. Neben Stein splitterte der Asphalt. Ihm dröhnten die Ohren. Er brachte die Sig in Anschlag. Der Mann schoß zum zweitenmal, als Stein zeitgleich mit zwei schnellen Schüssen das Feuer erwiderte. Er spürte einen Schlag in der linken Schulter und schoß noch eine Doublette und dann einen Präzisionsschuß in den Kopf des Mannes. Der Schädel knickte ab. Blut spritze nach hinten und verteilte sich auf der Seitenwand eines Lieferwagens. Die Schüsse hallten ihm in den Ohren. Sein Puls raste und seine linke Schulter pochte.

"Wirf deine Kanone weg."

Sie stand breitbeinig in Höhe des Audi und hielt eine flache Browning im Beidhandanschlag. Was für eine unpassende Stellung in ihrem Chanelkostüm. So unpassend wie die Browning, die sie wahrscheinlich aus der Jackentasche gefischt hatte. Sie ließ ihm keine Wahl. Er mußte Zeit gewinnen. Da er seitlich auf dem Boden lag, hatte er vielleicht noch eine Chance. Er legte die Sig neben sich auf den Asphalt und besann sich auf den 38er im Wadenholster.

"Kick sie her!"

Ihre Stimme klang so kalt wie die Eiswürfel in seinem Jackie. War das gestern sein letzter Drink? Er stützte sich auf den rechten Arm und kickte die Sig mit dem Fuß zwei Meter in ihre Richtung, so daß sie etwa in der Mitte zwischen ihnen zum Liegen kam.

"Sag mir wenigstens was los ist, bevor du mich umlegst."

Ihr ernster Blick ließ ihn erschauern.

"Du hast von Anfang an gar nichts kapiert. Wir stehen eigentlich auf der gleichen Seite. Gegen die Mullahs. Gegen die Kommunisten. Aber das darf keiner wissen. Wie bist du darauf gekommen? Wahrscheinlich über Werner, diesen Volltrottel."

Steins linke Schulter schmerzte. Wahrscheinlich ein Durchschuß. Wie oft hatte er ins Rohr gesehen? Schon ein paar Mal. Nur weiterreden. Sie unvorsichtig machen. Zeit gewinnen. Sie ablenken und dann den 38er ziehen.

"Von welcher Firma kriegt er denn seinen Judaslohn?"

Sie lächelte ein wenig. Doch ihre kalten Augen ließen ihn nicht los.

"Was glaubt ihr denn wer ihr seid, du und dein Freund vom BND? Ihr haltet euch für die Größten. Glaubst du eigentlich an Zufälle? Dein Auftrag nach so vielen Jahren? Arrangiert.

Deine Rettungsaktion bei Bülent?

Inszeniert.

Dein Treffen mit Jäger in Augsburg?

Exekutiert.

Deine angebliche Beteiligung bei unseren Plänen?

Irregeführt.

Wie blöd bist du eigentlich? Wir haben dich von Anfang an benutzt. Wir haben eine Operation durchgeführt, um den westlichen Diensten die Hinterlistigkeit der islamischen Fundamentalisten noch einmal zu verdeutlichen. Wir mußten der Öffentlichkeit in Europa die Gefährlichkeit der Kurden noch einmal vor Augen halten. Wir schaffen bei den Menschenrechtsmoralisten und ultraliberalen Politikern in Europa die Akzeptanz für harte Maßnahmen in unserer Republik. Jetzt sind wir soweit.

Wir werden die Mullahs und die Kurden dahin schicken, wo sie hingehören. Und bald wird man uns in die Europäische Union aufnehmen müssen."

Der Vorhang ging auf. Die Mosaiksteine lagen nun klar vor ihm. Ein Teil paßte zum anderen. Der Nebel lichtete sich, das Bild war vollendet. Er blieb cool und lächelte sie an:

"Türkischer Geheimdienst. Gratuliere. Du bist einfach phantastisch."

"Tut mir leid um dich, auch wenn du nicht der Hellste bist, ich mag dich trotzdem."

Sie war so kalt wie ein Eisblock. Ihr schönes Gesicht nahm kurz einen traurigen Zug an, als wenn ein Sonnenstrahl den Eisblock berührte und ihn zum Schmelzen bringen könnte. Stein lief es eiskalt den Rücken herunter. Im Geist liefen Augenblicke seines Lebens in Sekundenbruchteilen an ihm vorbei. Seine Kindheit, seine Eltern, seine Freunde. Die Zeit bei der Bundeswehr. Die Kameraden. Dann Erdmann, die Zeit beim Dienst. Maria, die schönsten und schlimmsten Momente seines Lebens auf Ibiza. Joe auf dem Dach des Appartementhauses von Miami Beach. Und dann diese Frau, die ihn so faszinierte und ihn jetzt erschießen wollte. Er lag regungslos am Boden und dachte an Maria und ihren letzten, sehnsüchtigen Blick am Strand von Ibiza. Ihr Zeigefinger krümmte sich langsam. Er ließ sie nicht aus den Augen. Die meisten zeigten Skrupel, wenn sie jemand beim Erschießen in die Augen sehen mußten. Dann zog er sein Knie an und griff blitzschnell nach dem 38er, ohne sie aus den Augen zu lassen. Ein Schuß krachte. Ihr schönes Gesicht und die traurigen Augen zerplatzten in einer Masse aus Blut. Sie fiel nach vorn und schlug noch vor der Browning auf dem Asphalt auf. Er lag wie erstarrt am Boden. Sie rührte sich nicht mehr. Erdmann kam hinter einem Betonpfeiler hervor, einen 357er Magnum in der Hand. Stein stützte sich auf die Seite.

"Mensch Günther! Wie hast du uns gefunden?"

"Ich hab gesehen, daß du wie ein Wilder ins Parkhaus gehetzt bist. Dann habe ich die Schüsse gehört und euch gefunden. Komm, wir müssen weg hier."

"Moment noch!"

Stein richtete sich auf und ging zu dem Mann, den er erschossen hatte. Er sah in das entstellte Gesicht und erkannte trotzdem Bülent. Dann durchsuchte er Bülents Taschen und nahm alles an sich. Dasselbe tat Erdmann bei Ayse. Anschließend verschwanden sie beide im Treppenhaus.

VIII.

Grünwald bei München, am selben Abend

Das Villenviertel im Süden Münchens lag im blutroten Licht der untergehenden Abendsonne. Langsam, wie ein Heißluftballon, sank der feuerrote Ball über dem Giebel des Anwesens herunter. Zu dieser Zeit führten nur noch einige Spaziergänger ihre Hunde aus. Stein saß neben Erdmann im BMW. Günther hatte die Strecke nach München in der Rekordzeit von knapp drei Stunden geschafft. Vorher hatte er ihm die Wunde desinfiziert und einen Verband angelegt. In der Schulter pochte es. Zum Glück ein glatter Durchschuß. Doch er dachte nur an sie.

159

Er sah im Geist immer wieder ihr zerschossenes Gesicht. Wie sie auf den Asphalt aufschlug. Auch wenn sie ihn erschießen wollte, sie faszinierte ihn immer noch. Erdmanns sarkastischer Tonfall unterbrach ihn.

"Sokrates als Agent des Türkischen Geheimdienstes. Was für ein Treppenwitz der Weltgeschichte. Der griechische Philosoph als osmanischer Held."

"Was denkst du, wann er kommt?", fragte ihn Stein, vor sich hin sinnierend."

"Er wird natürlich seinen Judaslohn vorher irgendwo unterbringen, bevor er nach Hause kommt."

Werner wohnte in der Villa gegenüber. Jetzt lugte nur noch der blutrote Schein der Abendsonne über den Giebel. Erdmann hatte ihn ein paar Mal zu Hause besucht. Sie kannten sich schon seit Jahren. Jetzt saßen sie etwa hundert Meter von Werners Villa entfernt im geparkten BMW und warteten auf die Rückkehr des Doppelagenten. Er konnte von dem Vorfall in Frankfurt noch nichts wissen. Bei einem Kontrollanruf in der Villa stellten sie vor fünf Minuten fest, daß er noch nicht zu Hause war.

"Günther, was meinst du, wie lange arbeitet das Schwein schon für die?", warf Stein ein.

"Vor dreißig Jahren fing er bei uns an und ging zum Politikreferat unserer Vertretung in Ankara. Wahrscheinlich haben ihn die Militärs angeworben. Du weißt, wie schnell das geht. Vorsichtige Knüpfung von Verbindungen zu den Vertretern befreundeter Staaten, Kontaktpflege, man geht essen und hinterher vielleicht nochmal ins Badehaus."

Da erschien sie wieder. Ihr Lächeln und die strahlenden Augen. Immer wieder erinnerte sie ihn an Maria.

"Auf jeden Fall eine elegante Operation", bemerkte Erdmann anerkennend und fuhr nachdenklich fort:

160

"Sokrates als Doppelagent des türkischen Geheimdienstes beim BND betreibt Desinformation und arrangiert eine Operation in ihrem Sinne. Du wirst über mich engagiert. Ein ehemaliger Agent des BND, den man schnell verschwinden lassen kann, ohne daß jemand Fragen stellt. Du wirst benutzt, um einen medienwirksamen Anschlag als Werk der linken PSK darzustellen. Die PSK steht daraufhin schlechter denn je im Mittelpunkt des deutschen Medieninteresses. Der Maulwurf legt ein geheimes Dossier an und gibt damit ans Kanzleramt weiter, daß in Wirklichkeit die islamistische TIP dahintersteht, um den westlichen Nachrichtendienstes ihre Gefährlichkeit zu unterstreichen."

Günther nahm den rechten Zeigefinger an seine Nasenspitze, wie immer wenn er wie ein Professor ausführlich dozierte:

"Eine Invasion in Griechenland wird als Werk von Meuterern dargestellt. In Verbindung mit dem Anschlag ein scheinbar plausibler Grund für eine Machtübernahme der Militärs und die Ausrufung des Ausnahmezustandes. So können sie die unliebsame Opposition, die Islamisten und die Kurden, mit militärischen Mitteln ausschalten, ohne ihr politisches Ziel des zeitnahen Beitritts zur Europäischen Union zu gefährden."

"Was man ihnen hinsichtlich der Gefährlichkeit der Islamisten auch nicht verübeln kann", wandte Stein ein. Erdmann nickte.

"Die PSK steht in der Türkei isoliert da. Die Islamisten sind derzeit die größere Bedrohung. Wenn die erstmal mit iranischer Unterstützung die westlich orientierten Militärs in der Türkei ausschalten können, dann müssen wir uns warm anziehen. Falls sich der islamistische Flächenbrand ungehindert ausbreitet, gute Nacht. Eine neue Front in einem Dritten Weltkrieg. Diesmal ein Weltkrieg der Religionen. Islamische Republiken gegen westliche, christliche Staaten. Im Osten

Bosnien, die Türkei und der Iran. Im Südosten die Staaten der arabischen Halbinsel, die uns den Ölhahn zudrehen können. Im Süden Libyen und vielleicht auch demnächst Ägypten und Algerien, die mit ihren modernen Raketen bald ganz Europa erreichen. Und in Deutschland zeigen selbsternannte Moralapostel mit dem Finger auf Andere und wollen immer noch die Bundeswehr abschaffen."

Jetzt meldete sich Stein zu Wort:

"Wir haben in unserem wiedervereinigten Deutschland nach ein paar fetten Jahren eine schleichende Rezession und die höchste Arbeitslosenquote seit Jahrzehnten. Die weltpolitische Lage interessiert nicht so viele, die Leute denken natürlich erst mal an sich selbst."

Wie oft gerieten sie ins politische Philosophieren. An langen Abenden durchdachten und diskutierten sie immer wieder verschiedene Szenarien. Aber noch nie wurden sie so manipuliert wie in dieser Operation.

"Wolfgang, wir haben ihm vertraut. Uns blieb nur die Rolle der Bauern auf seinem Schachbrett", versuchte Erdmann zu beschwichtigen.

Stein sah sein Spiegelbild im Beifahrerfenster an.

"Ich war blind und bin wie ein Anfänger auf sie reingefallen. Dachte ich hätte alles unter Kontrolle, aber ich war die Marionette an ihren Fäden."

"Wenn wir ihn jetzt erwischen, wird er sich auf ein paar unangenehme Fragen einstellen müssen", bemerkte Erdmann mit steinernem Gesichtsausdruck.

Ein Taxi bog aus der Gegenrichtung in die Straße ein und fuhr auf sie zu. Dann hielt das Taxi vor Werners Villa. Stein nahm ein Fernglas. Der Abteilungsleiter 16 C saß auf dem Beifahrersitz und bezahlte gerade den Fahrer.

"Da kommt das Schwein", sagte Stein.

"Laß uns noch warten, bis das Taxi weg ist."

Erdmanns Stimme klang jetzt neutral wie immer. Das schätzte Stein an ihm. Wenn es ernst wurde, merkte man ihm nicht den Hauch einer Anspannung an. Werner stieg aus. Kein Aktenkoffer. Erdmann lag mit seiner Einschätzung richtig. Der Judaslohn lag schon irgendwo in einem Bunker. Wahrscheinlich ein Bankschließfach. Der Taxifahrer wendete und fuhr wieder in dieselbe Richtung weg. Sokrates ging über die Straße zu dem schmiedeeisernen Einfahrtstor seiner Villa. Erdmann nahm die Hand an den Zündschlüssel und startete den Motor des BMW, als sie das Röhren eines Motorrades überraschte. Eine schwere Maschine schoß von hinten am BMW vorbei in Richtung der Einfahrt. Der Fahrer und der Sozius trugen beide schwarze Lederkombinationen und Integralhelme.

"Verdammte Scheiße!", entfuhr es Stein, doch da war das Motorrad schon in Werners Höhe.

Der Abteilungsleiter holte gerade einen Schlüssel aus seiner Manteltasche und drehte sich um. Der Sozius nahm mit einer Hand eine kurzläufige MP in den Anschlag und gab im Vorbeifahren drei kurze Salven auf Sokrates ab. Das Stakkato übertönte den unterdrückten Schrei des Doppelagenten, der mit ungläubigem Gesicht und offenem Mund wie versteinert stehenblieb. Dann zuckte sein Körper wie im Veitstanz unter dem Einschlag der Projektile, während er rückwärts gegen das Einfahrtstor taumelte. Der Sozius hielt sich mit der anderen Hand am Fahrer fest, der sofort so stark beschleunigte, so daß das Vorderrad kurz vom Boden abhob. Als Erdmann einen Blitzstart hinlegte, hatte der Fahrer schon hundert Meter Vorsprung. In Höhe der Einfahrt warf Stein einen Seitenblick in Werners Richtung. Nichts mehr zu machen. Auf diese Entfernung absolut tödlich. Der Kopf des Abteilungsleiters stand in unnatürlichem Winkel vom Hals ab. Die schwere Maschine war bereits um die Straßenecke verschwunden. Vielleicht gab es noch eine Chance, dachte Stein mit dem Anflug eines letzten Hoffnungsschimmers. Doch als sie die Seitenstraße erreichten, konnten sie keine Spur der Killer mehr entdecken.

IX.

Frankfurt am Main, am selben Abend

Ertogrul Yavuz verließ sein Geschäft in der Münchener Straße und ging zum Hauptbahnhof. Er wollte sich an diesem Abend mit einem Geschäftspartner im Gallusviertel treffen. Auf dem Weg zum Bahnhof sah er einige Freunde, die vor einem Frisörgeschäft standen und einen Plausch hielten. Daraufhin beschloß er, noch kurz einen Mokka mit ihnen zu trinken, da der Frisör für den besten Mokka in der Münchener Straße bekannt war. Als er weiter in Richtung Hauptbahnhof ging, erkannte er den Studenten, der die Wecker bei ihm gekauft hatte. Der junge Mann lief in etwa zwanzig Meter Entfernung vor ihm und bemerkte ihn nicht. Er ging in die gleiche Richtung und nahm vor ihm die Rolltreppe zur B-Ebene am Hauptbahnhof. Auf der Rolltreppe sah er, daß der Araber einen Leinenbeutel in der Hand hielt. Zwei Wachmänner der Bahnschutzgesellschaft mit einem Schäferhund kamen ihnen in der unterirdischen Anlage entgegen. Als sie auf ihn zugingen, beschlich ihn eine gewisse Unsicherheit. Doch sie schlenderten vorbei und wandten sich an ein heruntergekommenes Pärchen hinter ihm. Ein älterer Mann und eine junge Frau, die beide eine Bierdose in den Händen hielten. Im Bereich der Abgänge zur S-Bahn blieb der junge Mann kurz stehen und sah sich um, bemerkte Yavuz aber nicht. Dann nahm er ein kleines Paket aus dem Leinenbeutel und steckte es in einen Abfalleimer neben einem Fahrscheinautomaten. Irgendetwas kam Yavuz an seinem Verhalten komisch vor. Aber dann dachte er nicht weiter darüber nach und nahm die Rolltreppe zu den S-Bahnsteigen.

Thomas Zink ging eine Stunde später an dem Abfalleimer vorbei und blieb am Fahrscheinautomat stehen. Er zog seine Geldbörse aus der Tasche und kramte nach

Kleingeld für eine Fahrkarte. Die Zeit brannte ihm auf den Nägeln, denn er mußte die nächste S-Bahn nach Wiesbaden bekommen. Yvonne, seine Freundin, wartete bestimmt schon, denn er war spät dran. Nach kurzem Suchen fand er Kleingeld und drückte die Tasten für eine Fahrt nach Wiesbaden. Noch bevor er die erste Münze in den Schlitz stecken konnte, blendete ihn ein gleißender Blitz. Sofort umgab ihn eine undurchdringliche Dunkelheit. Den ohrenbetäubenden Schlag, mit dem der Abfalleimer neben ihm explodierte, hörte er nicht mehr.

Die ungewöhnliche Geräuschkulisse nahm Ertogrul Yavuz sofort gefangen, als er zwei Stunden später aus der S-Bahn in der untersten Ebene des Hauptbahnhofes stieg. Er nahm die Rolltreppe zur höhergelegenen B-Ebene. Als er dort ankam, sah er den Menschenauflauf. Neugierige bildeten eine Traube an den beiden Säulen, wo die Fahrkartenautomaten standen. Dann erinnerte sich Yavuz an das merkwürdige Verhalten des jungen Arabers. Genau an dieser Stelle griff der junge Mann in seinen Leinenbeutel und warf ein Päckchen in den Abfalleimer. Ertogrul schob sich durch die Menschentraube zu der Stelle, an der er den Mann zuletzt gesehen hatte. Rotweiße Plastikbänder sperrten den Bereich um die Automaten ab. Sanitäter in roten Jacken und Polizisten liefen durcheinander. Grenzschutzbeamte verwiesen ein Kamerateam hinter die Absperrung. Jetzt sah er, was passiert sein mußte. Dort, wo ehemals der Abfalleimer stand, gähnte jetzt ein schwarz verrußtes Loch. Der Fahrscheinautomat lag, aus seiner Verankerung gerissen, völlig zerstört und rußgeschwärzt, neben dem Krater. Davor hatte jemand ein weißes Laken ausgebreitet, unter dem sich die Umrisse einer Person abzeichneten. Das konnte doch nicht sein. Ihm wurde schlecht. Die Übelkeit im Magen wurde nur durch das kalte Grauen überschattet, das ihn jetzt übermannte. Ein schreckliches Gefühl und ein schlimmer Verdacht, der ihn nicht losließ. Er wandte sich an einen der Grenzschutzbeamten.

"Entschuldigen Sie bitte!"

Der junge Polizist drehte sich um. Der Schreck stand ihm ins Gesicht geschrieben.

"Ja", sagte er mit brüchiger Stimme.

Ertogrul Yavuz schätzte ihn auf etwa Zwanzig. In seinen Augen erkannte er eine hilflose Leere, in die sich Unverständnis mischte.

"Ich glaube, ich kann ihnen einen Hinweis auf den Attentäter geben", sagte der Türke mit fester Stimme.

Das Bild der Person unter dem Laken ließ ihn nicht los.

"Ja... Eeeh... Wie meinen sie das denn?", fragte der junge Polizist und Yavuz begann, ihm von den Begegnungen mit dem jungen Araber zu erzählen.

Horst Keller sah auf seine Armbanduhr und setzte die Mokkatasse ab. Kurz vor Mitternacht. Das Kunstlicht der Straßenlaternen warf einen bleichen Schein in den Elektroladen. Hinter dem Tresen brannte nur eine kleine Leselampe.

"Ist übrigens ganz vorzüglich ihr Mokka", sagte er zu Ertogrul Yavuz und fuhr dann sachlich fort:

"Fällt ihnen noch etwas Bestimmtes ein?"

Ertogrul überlegte kurz.

"Nein eigentlich nur das, was ich Ihnen bereits erzählt habe. Er kaufte die Wecker und die Klingeldrähte und ging dann wieder. Ich weiß auch nicht, wo er wohnt."

Keller ließ sich Zeit. Er ging im Halbdunkel durch den Laden und sah sich die Elektrowaren an.

"Hat er sich vielleicht auch noch ein bißchen umgesehen?"

Da dachte der Geschäftsmann an die libanesischen CD's, die sich der junge Araber angeschaut hatte.

"Ja, er wollte eine der libanesischen CD's kaufen. Leider hat er es sich noch anders überlegt. Ich bekomme die Dinger gar nicht mehr los, die kauft keiner", erinnerte sich Yavuz und ging zu dem Stapel.

Als er die oberste CD herunternehmen wollte, hielt ihn Keller zurück und nahm ein Paar Plastikhandschuhe aus seiner Manteltasche. Er streifte sich die Handschuhe über und legte jede einzeln von dem Stapel.

"Die hier war's, ich bin ganz sicher", meldete sich Ertogrul Yavuz.

"Hat er sie auch angefaßt, ich meine ohne Handschuhe?", fragte Keller.

"Ja ganz sicher!", entgegnete der Elektrohändler. Daraufhin nahm Keller eine Klarsichttüte aus der anderen Manteltasche und steckte die CD mit spitzen Fingern hinein.

"Vielen Dank. Das ist doch schon einmal ein Anfang. Ohne sie wären wir jetzt wahrscheinlich kein Stück weiter", bedankte sich Keller.

"Er hat nur Schande über unsere Glaubensbrüder gebracht", sagte Ertogrul Yavuz bitter, wischte sich durch sein rechtes Auge und wandte sich ab.

X.

Oberstdorf im Allgäu, einige Wochen später

Die Dunkelheit der schwülen Frühsommernacht lag drückend über Steins Anwesen. Er saß mit Erdmann schweigend in der Bauernstube und goß ihnen einen Enzian ein. Die letzten Wochen waren wie im Flug vergangen. Nach dem Fiasko in München fuhr er nach Oberstdorf und schnürte seinen Rucksack. Dann wanderte er wochenlang durch die Allgäuer Berge, um wieder ein wenig zu sich selbst zu finden. Die Ermittlungen des BKA nach dem Anschlag auf Werner endeten in einer Sackgasse. Das gestohlene Motorrad fand die Polizei an einer Straßenbahnhaltestelle in Grünwald. Zum Fahrer und Sozius der Kawasaki gingen keine Hinweise ein. Absolute Profis.

"Der Vize hat von mir absolutes Stillschweigen verlangt. Die ganze Sache ist als streng geheim eingestuft worden", setzte Erdmann zu einem Gespräch an.

"Na prima. Und jetzt sollst du mich einschwören", entgegnete Stein.

Dann hoben sie die Gläschen und tranken jeder einen Schluck.

"Wolfgang, die Sache ist vorbei und wir können nichts dran ändern. Sokrates nahm sein Wissen mit ins Grab. Ayse und Bülent sind tot. Das Dossier über Murat Erdogan ist verschwunden, genauso wie die Akten über Groß und Jäger. Der angebliche Murat Erdogan gehört wahrscheinlich, wie Ayse und Bülent, zum Türkischen Geheimdienst. Wir sind noch dabei ihn zu identifizieren." brachte ihn Günther auf den letzten Stand der Dinge.

"Nach dem U-Bahn Anschlag in Frankfurt steht fest, daß wir ein unberechenbares Potential islamistisch-extremistischer Gruppen im Land haben. Wir wissen einfach zu wenig über sie. Über die Gruppe, die sich in einem Schreiben an die Frankfurter Abendzeitung zu dem Anschlag bekannt hat gibt es keine Erkenntnisse. Sie haben aber die Freilassung der Hamburger Attentäter in ihrem Schreiben gefordert", fuhr er fort.

"Das BKA tappt in der Sache völlig im Dunkeln?", hakte Stein nach.

"Keller hat als Attentäter einen libanesischen Studenten aus Heidelberg identifiziert. Er soll früher mal zur UP gehört haben." ergänzte Erdmann.

"Hotte hat den Fall übernommen?"

"Ja. Es lief alles ziemlich gut, da sich sofort ein aufmerksamer Zeuge meldete. Ein türkischer Elektrohändler aus der Münchener Straße, bei dem der Libanese seine Bombenbauteile kaufte. Keller fand dort Fingerabdrücke und ließ ein Phantombild erstellen."

Günther nahm die Flasche und füllte noch einmal die Gläschen mit dem köstlichen Tropfen.

"Nach einem Hinweis aus US Geheimdienstkreisen hat das BKA eine Heidelberger Studentenbude durchsucht und dort die gleichen Fingerabdrücke gefunden. Leider ist das Schwein spurlos verschwunden. Wahrscheinlich in Richtung Libanon. Keller ließ ihn zur internationalen Fahndung ausschreiben. Vielleicht haben sich die Attentäter deswegen nicht mehr gemeldet", fuhr Erdmann fort.

"Woher kommt der Hinweis der Amis genau?", fragte Stein.

Erdmann blickte gedankenverloren vor sich hin.

"Tja, das steht nicht so genau fest. Das BKA hüllt sich da in Schweigen. Ich habe bei Keller noch nicht näher nachgefragt, aber ich nehme an über elektronische Aufklärung. Die Tatortgruppe des BKA hat in der Heidelberger Absteige einen PC mit Modem sichergestellt. Vielleicht hat ihn die NSA abgehört."

"Und die Erkenntnisse erst mal für sich behalten", entfuhr es Stein.

"Die Warnmeldung kam von der CIA, schon einige Wochen vor den Anschlägen", warf Erdmann ein.

Stein lehnte sich zurück und drehte das Enziangläschen in seiner rechten Hand.

"Die Warnmeldung ging an alle NATO Nachrichtendienste raus, einige Wochen vor dem Anschlag, richtig?"

"Richtig. Worauf willst du raus?"

Wolfgang Stein beugte sich wieder vor und stellte das Gläschen mit einem Ruck auf dem massiven Holztisch ab:

"Dann haben die Türken sie natürlich auch bekommen. Das war die Gelegenheit für sie, den bevorstehenden Anschlag für ihre Zwecke auszunutzen. Sie starten eine Operation und aktivieren ihren Maulwurf Werner, der mich über dich engagiert. Dann setzen sie eine ihrer Agentinnen auf mich an und ich und laß mich einwickeln."

"Du meinst Ayse hat im Parkhaus die Wahrheit gesagt?"

"Ja. Das macht wirklich Sinn. Wenn sich Werner nicht in Sachsenhausen verplappert hätte, wäre die Operation nie aufgedeckt worden. Die TIP würde als Killertruppe für europäische Minister dastehen. Das Vorgehen der türkischen Militärs, gegen die TIP und ihre Meuterer stößt bei den Politikern in der EU auf Verständnis. Wenn ein Jahr ins Land gegangen ist, dann klopft Ankara wieder wegen einer Aufnahme in die Europäische Union an die Tür. Und nebenbei stehen die Kurden als der Buhmann für die Öffentlichkeit da", führte Stein aus.

"Ja", dachte Erdmann laut, "das macht wirklich Sinn."

Dann saßen sie einige Minuten schweigend am Tisch und Stein schüttelte eine Camel aus der Packung. Die Sache ging ihm immer noch an die Nerven.

"Was ist mit diesem Sauerwein?"

"Wurde vermutlich bei einer militärischen Aktion gegen die PSK im Südosten der Türkei gefangengenommen und sitzt jetzt wahrscheinlich in irgendeinem Kerker. Seine Papiere haben sie dann für deine Legendenbildung benutzt."

"Ich glaube ich bin zu alt für solchen Kasperkram."

Er nahm einen tiefen Zug. Erdmann sah ihn ernst an.

"Ich brauche dir nicht weiter zu erklären, daß die Sache auf jeden Fall unter uns bleiben muß. Der Vize kann sich keine Blamage leisten. Außer ihm und uns weiß keiner Bescheid. Das geheime Dossier über die TIP hatte er übrigens doch noch nicht weitergegeben. Der Vize wollte noch auf eine Bestätigung durch eine andere Quelle warten. Er ist nun mal ein alter Fuchs."

Erdmann leerte sein Glas.

"Mensch Wolfgang, wir haben schon tiefer in der Scheiße gesessen."

Stein zog an der Camel.

"Schon okay. Ich weiß, daß es verrückt klingt, aber sie war einfach phantastisch."

Erdmann legte ihm die Hand auf die Schulter und stand dann auf.

"Laß mal ein bißchen Zeit ins Land gehen und gönn' dir noch ein paar ruhige Tage."

Er nahm seinen Koffer. Stein ging mit ihm vor die Tür. Der abendliche Sternenhimmel leuchte über dem Berghang. Es war wieder Halbmond. Nachdem Erdmann den Koffer auf die Rückbank des BMW gelegt hatte, wandte er sich an Stein:

"Danke noch mal. Tut mir leid, daß es so gelaufen ist."

"Schon okay, Günther, du kannst ja auch nichts dafür", entgegnete er.

"Übrigens... Joachim Zöller...", setzte Erdmann an.

Stein schaltete sofort.

"Der Computer Zöller aus Frankfurt?"

"Ja..."

Günther holte tief Luft und fuhr resigniert fort:

"Kurz nachdem du Brunner gesehen hast, fuhr er im Frankfurter Stadtwald vor einen Baum und verbrannte in seinem Audi."

"Das ist doch kein Zufall", bemerkte Stein.

"Wir gehen davon aus, daß die ihn umgelegt haben. Vielleicht hat dich Brunner doch gesehen."

"Und macht ihn kalt, bevor er über die Computerlieferung auspacken kann", ergänzte Stein.

"Damit sind die Spuren zu Spiegelberg getilgt. Brunner taucht jetzt natürlich wieder ab."

"Zöller war lange genug im Fach. Meinst du nicht, daß er noch irgendwo eine Lebensversicherung deponiert hat?", fragte Stein.

"Vielleicht. Aber Brunner ist spurlos verschwunden."

"Macht ihr mal. Ich hab mich nicht umsonst ausgeblendet."

Erdmann drückte ihm fest die Hand zum Abschied.

"Servus, Wolfgang!"

"Servus Günther. Besuch mich mal wieder."

Dann stieg Erdmann in die Limousine. Stein hob die Hand zum Abschied und sah dem BMW hinterher, der mit erleuchteten Scheinwerfern den Feldweg in Richtung Bundesstraße hinunterrollte. Er sah in die Mondsichel über dem Berghang und dachte an den ersten Abend mit Ayse. Das Ziehen in der Magengrube erinnerte ihn an den ersten Kuß am Mainufer.

Im Schatten des Halbmonds.